KB198952

TROIS VIES CHINOISES
by DAI SIJIE

TROIS VIES CHINOISES

다이 시지에 소설
이충민 옮김

세 중국인의 삶

문학동네

일러두기

주석은 모두 옮긴이주다.

차
례

TROIS VIES

호찌민

CHINOISES

I

2002년 9월의 어느 저녁, 낯선 이의 방문은 장엄한 사건이라 할 만했다. 무슨 일이 생길지 전혀 몰랐을뿐더러 애초에 어떤 일이 생기리라는 기대도 없이 낡은 컨테이너에 살고 있던 두 사람에게 그 말은 과장이 아니었다.

중국 전체에서는 아닐지 몰라도 적어도 귀도貴島에서는 가장 오래된 컨테이너다보니, 파란만장한 역정을 거치는 동안 이곳이 아마 시장으로 탈바꿈한 적도 있었을 것이다. 국수 시장, 당근 양배추 토마토 오이 시장, 고기 시장, 경찰견 시장, 공문서 시장, 머리카락 시장, 중고 텔레비전 시장, 밀수 컴퓨터 시장 같은, 사람들이 모여들어 별의별 물건을 사고파는 곳 말이다. 이 컨테이너는 교활한 흥정은 물론 간혹 막대한 금액이 오가는 거래도 수없이 보아왔지만, 이날 저녁의 방문객 덕에 지금까지와는 비교도 되지 않을 만큼 엄청난 액수로 거래 금액 기록이 경신되리라고는 예상치 못했다.

남자는 저녁 일곱시경, 어둠이 내리기 직전에 도착했다.

벙어리 여인의 조카가 전구 하나 켤 정도의 전기밖에 일으키지 않는 풍력발전기를 가동시키려다가 그를 먼저 보았다. 조카는 하던 일을 중단하고 발전기에 몸을 기댄 채, 서류가방을 들고 돌다리를 건너는 방문객을 지켜보았다. 공기는 시원했다. 나뭇잎이 바람에 팔랑대는 가운데 맹강은 금빛을 내며 너울거렸고, 길은 흔들리는 푸른 그림자에 잠겨 있었다.

이 낯선 오십대 남자는 해진 스웨이드 점퍼 사이로 커다란 배를 내밀고 있었다. 묵직하고 불룩한 턱살은 마구 떨렸고, 언덕을 오르는 동안 목이 터질 듯 헐떡거리더니 기침을 해댔다. 머리를 바싹 깎은 탓에 처진 얼굴과 커다란 턱이 더욱 두드러져 보였다.

그는 분명 이곳에서 어떤 것을 보게 될지 들었을 것이다.

하지만 설마 이런 광경을 마주하게 될 줄은 몰랐다.

"혹시 네가……?" 그는 충격으로 숨이 막혀 말을 맺을 수 없었다.

"저 맞는데요." 조카는 벙어리 여인과의 혈연관계에 대해 묻는 가보다 생각하고 대답했다.

"난 소장이야. 교도소 급식소 소장. 너희 이모랑 잘 아는 사이지."

그는 어색함을 감추기 위해 시선을 돌리고 웃음을 터뜨렸다. 웃음소리가 어찌나 큰지 지붕 위에 앉아 있던 참새들이 날아가 버릴 정도였다.

아닌 게 아니라 벙어리 여인은 그를 알고 있었다. 그는 친구도 낯선 이도 아닌, 그녀와 어정쩡한 관계를 유지하고 있는 사람 중 하나로, 두부 고객, 다만 오백 인분 식사를 내는 급식소를 운영하는 중요한 고객이었다.

벙어리 여인은 여러 직책을 겸하고 있었다. 사장도 그녀였고, 경리도 그녀였으며, 두부를 만드는 데 필요한 콩과 여타 재료를 구입하는 것도 그녀였고, 회사의 노무자도 그녀였다. 그녀의 두부는 독특했는데, 잘게 다져 정성껏 볶은 채소를 넣는 것이 그 비결이었다. 겉면이 지극히 부드러워 입안에서 살살 녹았다. 마지막으로 판매원도 그녀였다. 두부 한 모를 팔 때마다 들어오는 동전을 세는 즐거움을 그녀는 누구에게도 양보하지 않았다. 하지만 경쟁이라는 문제가 생겼고, 경쟁은 치열했다. 사랑 노래를 부르듯 손님을 부르는 목청 좋은 경쟁자들을 상대로 벙어리가 어떻게 대적할 수 있겠는가? 그녀의 무기는 북이었다. 섬 중심가의 교차로를 지날 때마다, 주택단지 앞을 지날 때마다, 급식소가 있는 공공건물을 지날 때마다 그녀는 두부를 실은 자전거 리어카를 세워두고 북을 두드렸고, 리듬과 강약을 조절하여 두부의 종류를 알렸다.

이 섬에서 그녀의 두부는 워낙 인기가 좋았기에 누구든 북소리만 들어도 생선과 토마토를 넣은 빨간 두부, 시금치를 넣은 녹색 두부, 채소의 종류에 따라 노란색이 되기도 하고 오렌지색이 되기도 하고 검은색이 되기도 하는 두부 등 그날 파는 두부를 어렵지 않게 알 수 있었다.

얼마 전까지 이 섬의 당서기장과 행정 수장을 지내다가 최근 투옥된 인사가 있는데, 소문에 따르면 벙어리 여인의 두부를 너무도 좋아하는 이 사람이 절친한 친구인 교도소 급식소 소장에게 먹고 싶은 두부 종류를 알리려고 독방에서 그녀처럼 북을 두들긴다고 했다.

그러한 소문에 벙어리 여인은 놀라기는 했지만 우쭐해하지는 않았다. 오히려 그 반대였다. 심지어 그날 저녁 이 손님이 불시에 은밀히 찾아왔을 땐 겁을 먹은 듯했다. 그가 섬 전체에 소문이 난 갓 뽑은 아우디 4를 타고 오는 대신, 노동자 같은 옷차림에 외판원들이 드는 가방을 들고 부하 직원이나 비서도 대동하지 않고 혼자 헉헉거리며 걸어왔던 것이다.

그녀는 경계하는 표정으로 손을 놀렸다.

조카가 통역을 했다.

"이모가 소장님 목소리가 왜 변했냐고 물어보래요. 잇몸이 아픈 건 아니냐는데요."

소장: "내 잇몸은 신경쓰지 말라고 해."

조카: "소장님 입술이 전보다 얇아졌대요. 말하실 때 입술이 잘 안 움직이는데, 뭘 씹고 있는 것 같대요."

소장: "긴말하지 말자. 내가 온 건 네 이모 때문도 아니고 두부 때문도 아니고 바로 너 때문이야."

(소장은 눈꺼풀이 처진 피로한 눈으로 처음 조카를 응시했다.)

소장: "이름을 듣긴 했는데 까맣게 잊어버렸네. 네 이름이 뭐였지?"

조카: "잘 모르겠어요…… 학교에서…… 선생님한테 물어봐야 해요…… 오래전에……"

(아이의 횡설수설에 소장은 갑자기 너무 짜증이 나서, 아이가 붙잡고 절절매는 말을 대신 마무리지어주기라도 하려는 듯 얼굴

을 찌푸렸다.)

소장: "알았다. 학교에서 말고는 아무도 네 이름을 부르지 않았던 모양이구나. 학교는 안 다닌 지 오래되었고. 그렇지?"

조카: "예…… 다들 무서워했어요."

소장: "알아. 다른 학부모들이 싫어해서 학교에서 쫓겨났다면서."

조카: "예, 그런 셈이에요…… 하지만 괜찮아요. 저는 학교 안 좋아해요."

소장: "좋은 생각이 있다. 내가 이름을 지어주지. 지금부터 네 이름은 호찌민이야."

(그는 다시 한번 웃음을 터뜨렸다. 멈추지 않고 너무 크게 웃다 보니 하마터면 쓰러질 뻔했다. 그는 배를 쥐고 컨테이너 앞에 세워져 있던 벙어리 여인의 수레 달린 세발자전거에 몸을 기댔다. 자신의 폭소에 아이가 당황하자 그는 아이의 어깨를 세게 두드리면서 더욱 크게 웃었다.)

소장: "그래, 호찌민, 이모가 너한테 북 치는 법을 가르쳐줬니?"

조카(더이상 횡설수설하지 않으며): "그럴 필요가 없었어요."

소장: "혼자 배웠어?"

조카: "배우지 않아도 됐어요. 원래 좋아하거든요."

소장: "그러면 얼마나 잘하는지 한번 보자."

주름진 얼굴이 환해지고, 윤기 없고 쪼글쪼글한 눈꺼풀이 열리며 눈에 강렬한 빛이 돌았다. 아이가 악기를 가져오려고 컨테이너 안으로 들어간 사이에 소장은 벙어리 여인의 눈앞에서 가방을 열었다. 가방 가득 100위안짜리 지폐가 들어 있었다. 풍력발전기의 전기로 켜놓은 전등불 아래 지폐들이 반짝였다.

소장은 벙어리 여인에게 간단한 손짓으로 아이를 데려가게 해주면 돈을 주겠다고 했다.

여인은 바로 응하지 않았다. 여인은 조카를 서커스에서 일하게 하려는 것인지 물었다. 하지만 소장은 여인의 수어를 이해하지 못해 그저 어깨만 으쓱일 뿐이었다.

여인은 검지와 중지를 펴 내둘렀다.

이번에는 소장도 무슨 뜻인지 이해했다.

"망할 년!" 그는 외쳤다. "얼마인지 세어보지도 않고 무조건 두 배를 달라고?"

그는 화가 나서 가방을 닫고 일어나 자리를 떴다.

벙어리 여인은 입가에 미소를 머금었다. 소장의 태도에서 태곳적 흥정 수법을 알아본 터였다.

거래 대상인 조카가 북을 들고 돌아왔을 때 구매자는 이미 언덕을 내려가기 시작한 참이었다.

"바보 같은 너희 이모한테 말해." 그가 고함을 질렀다. "너랑이 썩어빠진 컨테이너에서 계속 살고 싶으면 그렇게 하라고. 하지만 이건 알아두라고 해. 조로증 환자는 절대 열세 살을 넘기지 못하는데 넌 올해 열두 살이야."

아이는 이모에게 이 말을 통역하려 했지만 손짓으로 조로증이라는 단어를, 신체의 노화가 너무 빨리 진행되는 이 유전병을 표현할 방법을 찾을 수가 없었다. 교도소 급식소 소장의 고함소리는 바람에 실려 나뭇잎들을 휘갈기며 나뭇가지 사이에서 한참을 울렸다.

아이가 이 마지막 문장을 어떻게 통역해야 할지 몰라 망설이는 바람에 아이의 이모는 그날 저녁에 거래를 성사시키지 못했다. 벙어리 여인이 전술을 바꾸기로 결심하고 조카에게 구매자를 다시 부르라고 했을 때는 이미 너무 늦은 시각이었다.

구매자 입장에서 보면 일을 너무 서두른 셈이었다. 지나치게 흥분한 바람에 연기를 능숙하게 하지 못했고, 결국 그의 연극은 실패로 돌아갔다. 팔 것이 있고 구매자가 있고 물건을 파는 사람은 벙어리라고 하자. 게임의 규칙에 따르면 판매자가 손짓이나 정식 통역을 통해 물건을 팔지 않겠다는 뜻을 전할 경우 구매자는 더 영리하게 처신해야 한다. 시간을 끌면서 동일한 통역을 통해 자기는 급할 게 없으며 시간이 지날수록 구매 대상―이 경우에는 통역 당사자―의 가치가 떨어질 것이라는 점을 상대가 믿게끔 만들어야 하는 것이다. 말하자면 이중의 거짓말이 필요한 셈이니, 인류는 이보다 나은 흥정 수법을 이전에도 알지 못했고 앞으로도 알지 못할 것이다.

II

아이는 심한 대머리였다. 군모를 쓰고 있었지만 머리의 거무 칙칙한 반점들은 잘 가려지지 않았다. 깜짝 놀랄 만큼 큰 반점들 이 모난 이마를 뒤덮고 관자놀이께로 내려와 일그러진 귓불과 혈관이 붉게 드러난 양쪽 귀 부위까지 퍼져 있었다. 반점은 짙은 검은색이었고, 군데군데 보랏빛이 섞인 것이 꼭 화산 분출 흔적 같아 보였다.

그의 얼굴은 몹시 쭈글쭈글했다. 양쪽 입가에 깊은 협곡이 팼 고, 입아귀는 찌그러져 아래로 처졌으며, 콧방울에는 거뭇한 고 랑이 움푹 들어가고, 눈꺼풀 언저리에는 잔주름들이 자글자글했 다. 눈살을 조금만 찌푸려도(뒤통수에 조금 남은 머리카락이 그렇듯 눈썹도 새하얬다) 깊은 고랑과 활처럼 곡선을 그리는 겹주름이 이마를 덮었다. 세상의 주름이란 주름은 모두 거기 모인 것만 같았다.

몸뚱이는 몹시 가냘팠다. 키는 170센티미터였지만 체중은 50킬로그램 정도밖에 안 되었다. 아이는 가끔 재미삼아 네발로 기어다니곤 했다. 그렇게 입을 찌그러뜨리고 코를 킁킁거리고 침을 뱉으면서 모래 위에 찍히는 손자국 발자국을 보며 감탄하고 즐거워할 때면, 땅에 닿을 듯 말 듯한 제 몸의 가벼움에 매료된 것처럼 보였다. 하지만 집 문턱에 도달하여 무릎에 턱을 받치고 쭈그려앉아 있을 땐 영락없이 죽어가는 늙은 원숭이 꼴이었다.

사실 그가 사는 곳을 집이라고 부르긴 힘들다. 그의 집은 강철 상자, 정확히는 민강 돌다리 너머 긴 언덕길 꼭대기에 있는 버려진 컨테이너다.

귀도는 가장 많은 양의 전자제품 폐기물이 나오는 곳이자 컨테이너들의 집결지라 할 수 있는데, 이곳에 들어오는 폐기물들이 전부는 아니라도 대부분 컨테이너에 실려오기 때문이다. 이 컨테이너는 그중에서도 가장 오래된 축에 들어가는 것이었다. 원래 진녹색으로 칠해져 있었지만 빛이 너무 바래 이제는 본래의 색깔을 알아볼 수 없었다. 도색은 점차 금이 가고 누레지고 벗겨졌으며, 쇠는 구멍이 숭숭 날 정도로 녹이 슬어 있었다. 상태는 엉망이지만 거기 새겨진 제조일과 제조지는 여전히 알아볼 수 있었다. 1983년 톈진에서 만들어진 것이었다. 또한 국숫집, 경찰견 사육장, 노점형 이발소, 자경단 거점, 공안 초소, 경범죄자 유치장(수용자들이 벽에 손톱으로 새겨놓은 말대로라면 질식실窒息室), 재고품 창고 등 이곳을 거쳐간 사업장의 이름도 남아 울고 웃던 그 영광과 쇠락의 순간을 증언했다. 컨테이너 내부에는 검게 탄 자국과 울룩불룩한 요철이 여기저기 보였고, 바닥에는 녹은 주석이 군데군데 방울진 채 눌어붙어 반짝였다. 하지만 무엇보다 먼저 느껴지는 것은 아주 은은하면서도 쉽게 알아차릴 수 있는 특이한 냄새였다. 바로 이 컨테이너가 오랫동안 전자제품 폐기물을 재활용하는 데 쓰였음을 증언하는 플라스틱 탄내였다.

스포츠 로토 판매인에게 월세 100위안에 빌린 컨테이너의 한쪽 면에는 창문이 두 개 달려 있었다. 오른쪽에 난 문 위편 쇠막대기 끝에는 '벙어리 두부'라는 녹슨 간판이 달려 있어 겨울밤이면 바람에 흔들렸는데, 언제부터인지 주인 여자처럼 아무 소리도 내지 않게 되었다.

10피트짜리든 20피트짜리든 40피트짜리든, 섬에 있는 컨테이너에는 대부분 자전거 도난 방지 걸쇠를 걸어둔 문 한 쌍이 달려 있었다. 하지만 이 컨테이너의 문은 폭이 좁고 소박하며 눈에 잘 띄지 않았는데, 주거지의 허술한 문짝이자 사무실 입구이기도 했다. 맷돌과 두부를 만드는 데 필요한 몇 가지 도구를 빼면, 예전에 상품을 포장하던 나무 궤짝으로 만든 조리대, 플라스틱 스툴 두 개, 북 하나, 석탄 난로, 침대 두 개가 컨테이너 안에 사는 이들의 전 재산이었다. 침대 두 개 가운데 안쪽에 있는 것, 진짜 나무로 만들었고 다른 것보다 널찍해서 그나마 침대라 할 만한 것은 벙어리 여인의 것이었다. 두 창문 사이에 놓인 또다른 침대는 베니어합판으로 만든 좁은 간이침대로, 얼굴은 백 살 노인처럼 쭈글쭈글하고 눈썹은 새하얀 대머리 조카의 잠자리였다.

창문은 환기를 위해 보통 열어두었는데, 그러다보니 벙어리 여인의 조카는 신나게 기관사 놀이를 할 수 있었다. 아이는 가냘픈 맨몸을 창밖으로 내민 채 한 손으로는 눈을 가려 보호하고 다른 손으로는 군모를 흔들면서 소리를 질러대며 객차의 문이 덜그럭거리는 소리를 흉내내는가 하면 한참 동안 휘파람을 불고, 선로전환기를 조작하는 신호공의 동작을 따라 하고, 기차가 출발하는 소리와 기관차의 기적소리를 재현했다. 어떨 때는 다음 역에 도착하기도 전에 달리는 기차에서 내리고 싶은 마음이 들기도 했다. 그러면 창문을 활짝 열고 창틀에 올라가 새처럼 앉았다가, 곧 마음이 변해 자그마한 나사를 잡고는 그 나사 하나에 온 몸을 지탱한 채 자신만 아는 비법으로 곡예사처럼 훌쩍 지붕 위에 올라가 몸을 일으키며 비틀거리는 척하다가, 다시 균형을 잡은 다음 보이지 않는 적들을 향해 이소룡처럼 발차기를 날리며 허공으로 뛰어내렸다⋯⋯ 그의 기차는 굴뚝, 가옥, 논밭 및 온갖 것들을 뒤로한 채 달려갔고, 그는 갈구하듯 혹은 상상의 질주에 심취한 듯 말 울음소리를 내고(대초원을 지나고 있다는 뜻이었다) 늑대 울음소리를 내고(산을 오르는 중이었다) 자동차 경적소리를 흉내냈다(시내로 들어가는 중이었다)⋯⋯ 심지어 강물이 흐르다가 수많은 다리의 아치와 수많은 섬의 가장자리에 부딪혀 물결이 일 때 나는 소리까지도 흉내냈다⋯⋯

언제나 짧게만 느껴지는 이 기차 여행에서 그가 가장 좋아하는 부분은 돌아올 일을 생각하지 않고 무작정 앞으로만 나아가는 한밤의 여정이었다. 하지만 보통은 제정신을 유지하고 있던 벙어리 승객이 주먹이나 빗자루로 지붕을 두들겨 그에게 주의를 주었다. 여태껏 그가 곤란한 지경에 빠진 경우는 단 두 번뿐이었다. 아직 지붕에서 내려오지 않았는데 이모가 먼저 창문을 닫아버린 것이다. 그다음 이모에게 혼났던 일을 생각하면 같은 짓을 세 번 반복하고 싶은 마음은 추호도 없었다. 하지만 올 것이 오고야 말았다. 눈보라에 정신을 빼앗긴 탓이었다. 지붕 위에서 눈사람을 만들고 있는데 이모가 창문을 잠갔다. 그는 밖에서 밤을 지새웠고, 다음날 아침 깨어보니 온몸이 눈에 파묻혀 있었다.

III

이튿날 아침 소장의 비서가 돈 가방 두 개를 들고 '벙어리 두부' 컨테이너에 오더니 십오 분 뒤 아이를 데리고 떠났다.

이모의 마지막 질문은 "왜 이애를 원하는 거죠?"였다.

대답은, 이 섬의 조로증 환자 중 머리가 알뿌리처럼 부풀지 않은 아이는 이애뿐이라는 것이었다.

언젠가 퇴역하여 귀천하는 날에도, 제 문 앞에서 이루어진 이 거래를 떠올리며 낡은 컨테이너는 부끄러움에 얼굴을 붉히리라.

아이가 안으로 들어서자 썩은 상자, 녹슨 기계, 축축한 벽돌 벽, 놋쇠 기둥을 뒤덮은 끈적끈적한 때, 유황액, 중유 등이 섞인 냄새가 은은하게 풍겨왔다.

채광이라고는 높다란 먼지투성이 창문으로 들어오는 미약한 빛이 전부인 이 그을음 가득한 거대한 폐창고 안에는 여러 물건이 들어차 있었고, 그중 시립 교도소 급식소 소장이 막 사들인 물건인 벙어리 여인의 조카는 소나무 널빤지 세 개를 겹쳐 임시로 만든 침대에 누워 있었다.

구매자는 그곳에 없었다. 짐차들이 드나들며 물건을 싣고 내리던 대문은 폐쇄된 지 오래였고, 대문 구석에 만들어놓은 작은 쪽문은 녀석이 도망칠 수 없도록 큼직한 자물쇠로 잠가놓았다. 그것만으로도 부족했던지 퇴직한 간수 하나가 이쑤시개를 입에 문 채 문 가까이 있는 사무실에 앉아서 밤낮으로 엄중하게 감시하고 있었다. 그 사무실에서는 창고 안이 한눈에 들어왔고 아이가 조금만 움직여도 소리가 들렸다.

아이는 기분이 좋았다. 금이 간 지붕으로 빗물이 새는 바람에 늪지대가 되어버린 창고 한구석에서 아이는 콧노래를 부르며 놀았다. 바닥에 깔린 널빤지 사이로 점프하며 놀았고, 그때마다 귀가 멍할 정도로 울리는 발소리를 신기해했다. 물이 가득 괴어 마룻널이 둥둥 떠다니는 이 물웅덩이에서 노는 것은 굉장히 재미있었다. 체중이 워낙 가볍다보니 그 통나무를 밟고 뛰어도 첨벙

소리가 거의 나지 않았다.

창고 위치가 정확히 어디인지는 몰라도 이따금씩 이모의 북소리가 들리는 걸 보면 섬 중심가에서 그리 멀지 않은 듯했다. 이모의 북소리를 들으니 소장이 자기를 찾아와 "북 칠 줄 아니?" 하고 가볍게 물었던 일이 떠올랐다. 아이는 그 말에 온 희망을 걸고있었다.

멋진 곡예단에 들어가리라는 생각을 하면 기쁨에 몸이 떨렸다. 교도소 급식소 소장을 브로커로 쓸 정도면 그 곡예단은 돈이 굉장히 많은 게 분명했다.

이모와 마찬가지로, 아이 또한 자기에게 관심을 가질 사람은 곡예단 말고는 세상에 아무도 없다는 것을 잘 알고 있던 터였다.

그래서 끄트머리가 꽃부리처럼 벌어진 가는 놋쇠 기둥이 있는 이 음울한 감옥 같은 창고가 그에게는 꼭 곡예단 천막처럼 보였다. 높다랗게 나 있는 옆으로 길쭉한 형태의 창문은 먼지가 수북했으나 섬에서 1천 킬로미터 떨어진 청두의 고딕양식 대성당 창문만큼이나 반짝이며 빛을 굴절시키는 듯했다. 예전에 그의 어머니는 조로증에 걸린 세 살배기 아들을 등에 업고 그 대성당에서 기도를 드렸다.

창고에 도착한 지 사흘째 되던 날, 아침을 다 먹었을 때 급식소 소장이 잠깐 들렀다.

하지만 소장은 아이에게는 한 마디도 건네지 않았을뿐더러 눈길 한 번 주지 않았다.

(놀랄 일은 아니었다. 오십대의 배불뚝이 소장과 퇴직한 간수와 열두 살 아이 중에서 가장 늙어 보이는 사람은 누가 봐도 아이였다. 이런 괴리감에 소장은 마음이 불편해져 도무지 아이를 똑바로 마주볼 수 없었고, 온몸이 뻣뻣해졌고, 심지어 도망쳐버리고 싶었다.)

"저애에게 이걸 차고 있는 법을 익히게 해." 그가 감시인에게 말했다.

감시인이 손가락 끝으로 상자를 두드렸다.

"하루종일 차고 있으라고 할까요?"

"그럴 것까진 없어." 소장은 잠시 생각하더니 대답했다. "하루에 두 시간이면 될 거야."

대문에 난 쪽문이 열렸다가 소장이 나간 뒤 다시 닫혔다. 그의 자동차가 떠나자 넓은 창고에는 다시금 정적이 깔렸다.

감시인은 윗사람의 지시를 일 분의 오차도 없이 정확히 지키려고 책상 앞에 앉아 자명종을 맞췄다.

그는 수감자를 별명으로 불렀다. "조카야."

아이는 흥분에 눈을 반짝이며 사무실로 들어왔다.

"관례적인 훈련이야." 감시인이 말했다. "감옥에 들어가면 제일 먼저 뭘 해야 하는지 아니?"

"아니요."

"간수 앞에 쭈그리고 앉는 거야. 자, 어서! 빨리 말한 대로 해!"

감시인은 갑자기 미친 사람처럼 소리를 지르더니 자리에서 일어나 죄수 주위를 맴돌며 자세가 바른지 확인했다.

"이제 손을 번쩍 들어봐."

아이는 시키는 대로 했다. 그러자 아이가 무슨 일인지 채 깨닫기도 전에 감시인이 소장에게 건네받은 상자에서 수갑을 꺼내더니 순식간에 아이의 손목에 채웠다. 수갑의 톱니가 살에 박혀 고통으로 울부짖으면서도 아이는 행복했다. '훈련'이라는 단어에 벌써부터 마술처럼 설레는 서커스 일과 연결된 것 같았고, 그 바람에 기분이 좋아진 것이었다.

자명종소리가 울려 훈련은 중단되었다. 다음날 훈련까지 기다리려면 인내심을 가져야 했다. 밤은 길었다. 쥐들이—창고에는 쥐가 많았다—달리고 서로 만나고 소그룹으로 모여 그에게 다가와 인사를 하려는 소리가 들려왔다. 그중 몇 마리는 그에게 축하를 보냈고 몇 마리는 장난삼아 그를 괴롭히느라 귀를 공격했다. 따

듯한 긴 꼬리 하나가 그의 코를 때렸다. 아이는 왼쪽 손목과 오른쪽 손목을 차례로 내보이며 수갑의 톱니 때문에 생긴 상처 자국을 생쥐들에게 자랑스레 보여주었다. 수갑을 찼을 때, 고통이 심하면 심할수록 아이는 수갑에 적응하려 했다. 오랫동안 치욕의 증표로만 여겨지던 자기 몸이 마침내 존재근거를 얻어 서커스의 소재로, 예술적 표현 수단으로 탈바꿈하는 것이라 믿었다. 감옥에서 쓰는 진짜 수갑으로 테두리가 찌그러졌고 군데군데 녹이 슨 그 물건은 아이의 새로운 단짝이 되었다. 지평선 위의 샛별만큼이나 밝은 미래를 약속하며 희미한 조명 속에서도 빛나는 수갑의 모습이 눈앞에 어른거렸다.

아이는 수갑에 잘 적응했고, 그리하여 사흘 뒤에는 급식소 소장이 정한 훈련의 두번째 단계에 들어가 새로운 장비를 시험하게 되었다. 이번 장비는 찰과상을 내는 데 그치지 않고 말라비틀어져 뼈만 남은 일흔 살 노인의 발목 둘레에 퉁퉁 부어오르고 피고름투성이의 붉은 타박상을 남겼다.

이번 훈련은 훨씬 중대한 것이었다. "교도소에서 굉장히 오래 일했지만, 이걸 차는 사람은 사형수밖에 못 봤다." 늙은 간수가 말했다.

쇠사슬이었다.

사슬은 너무나 무거워서 한 걸음 옮길 때마다 창고의 골조가 흔들릴 지경이었으며, 그 소리는 한참이나 메아리쳤다.

쇠사슬의 무게 때문에 감시인은 훈련을 용이하게 하려고 무용 학교처럼 벽에 봉을 설치해야 했다.

고통받고 있는 아이의 눈에 이 장비는 단연코 형벌이 아니라 서커스 연습으로, 기술 연마로 보였다. 아이는 근육을 긴장시킨 채 땀범벅이 되어 봉에 몸을 지탱하고는 머리를 손 높이까지 숙인 상태로 한 발 한 발 천천히 앞으로 나아갔다. 손으로 잡고 있는 봉이 온통 무지갯빛으로 반짝였다. 봉은 그의 모든 사랑까지는 아니더라도 그의 모든 욕망으로 장식되어 그 모든 아름다움을 두르고 있었다.

벙어리 여인의 조카와 감시인은 하루 세 번씩 배달부가 가져다주는 보잘것없는 음식으로 식사를 했다. 식사 도중 대화가 오가는 일은 거의 없었다. 하지만 어느 날 점심때 시금치가 들어간 두부튀김을 먹다가 아이는 익숙한 맛을 느꼈다. 그동안 거의 잊다시피 했던 이모의 두부 맛이었다.

"아저씨 두부를 제게 주시면 안 될까요? 배가 많이 고프거든요. 대신 저녁때는 제 몫까지 드세요."

하지만 감시인은 노회하고 약삭빠른 사람이었다. "안 돼. 오늘 저녁에는 다른 반찬 없이 양배추 조금밖에 안 나온단 말이야."

"알았어요."

아이는 더 매달리고 싶지 않아 자기 것으로 만족했다. 그때 갑자기 한 가지 생각이 떠올랐다.

"제 이름이 호찌민이잖아요. 혹시 그게 무슨 뜻인지 아세요?"

감시인은 몸을 돌리더니 이놈이 얼굴만 늙은 게 아니라 노망까지 난 건가 하는 표정으로 아이를 쳐다보았다.

"너 무슨 헛소리를 하는 거야? 네 이름이 호찌민이라고? 지금 날 놀리는 거냐?"

"아닌데요. 정말 궁금해서 묻는 거예요."

감시인은 대답하지 않았다. 대화는 그걸로 끝이었다.

불과 십여 일 만에 두번째 시험인 쇠사슬 훈련을 통과한 아이는 이제 곧 서커스단에 들어갈 수 있으리라 생각했다. 하지만 이는 그를 사온 사람의 복잡한 계획을 고려하지 않은 생각이었다.

교도소 급식소 소장이 다시 한번 잠깐 들렀다. 이번에는 녹음기와 카세트테이프를 가져왔다.

늘 그렇듯 그는 아이를 똑바로 쳐다보지 못했다.

"잘 들어." 그가 버튼을 누르면서 말했다.

한 남자의 목소리가 울려퍼졌다. "수인 번호 9413."

소장은 녹음기를 껐다.

"따라 해봐." 그가 명령했다.

"수인 번호……" 아이는 네 자리 숫자를 기억하지 못해 머뭇거렸다.

"노력을 해." 소장이 가르치듯 말했다. "번호가 얼마나 중요한지 이해해야지. 감옥에서는 누구나 번호로만 통한단 말이다. 열 번 반복해봐. 자, 9413!"

아이의 귓가에 소장의 고함소리가 폭발음처럼 울렸다. 천둥이 지표면을 스치는 것 같았다.

아이는 두려움에 떨면서 시키는 대로 하려 했다. 하지만 어릴 때 숱하게 들었어도 숫자는 여전히 그의 머리로는 익히기 어려운 것이었다. 그에게 숫자는 죽은 언어와 같았다. 게다가 고함소리를 듣자 그들이 처음 만났을 때 지붕 위에 앉아 있던 참새들을 도망치게 만들었던 소장의 과장된 웃음소리가 떠올라 도무지 집중하기가 힘들었다. 그 새들은 지금 어디에 있을지, 겨울이 머지 않았는데 어디서 겨울을 나려는지, 숲도 삼림도 없는 섬에 남아 있을지 아니면 몸을 피할 다른 곳을 찾아 나섰을지 궁금했다. 창고의 쥐들도 떠올랐다. 밤새도록 전자제품 폐기물과 플라스틱 제품과 전기회로를 갉아먹는 쥐새끼들도 자기처럼 조로증에 시달리고 있는 건 아닌지 궁금했다. 생쥐 대군의 이빨 앞에서 버틸 수 있는 것은 없었다. 언젠가는 창고에 한줌의 가루밖에 남지 않을 것이다.

이렇게 정신이 딴 데 가 있던 탓에 아이는 숫자를 또 틀리고 말았다.

"이애를 뭐라고 부르나?" 소장이 감시인에게 물었다.

"편의상 조카라고 부릅니다."

"지금부터는 9413이라는 번호로만 불러."

"알겠습니다, 소장님."

"이애가 9413번 죄수의 생애를 낱낱이 외울 때까지 이 테이프를 몇 번이고 반복해서 들려줘. 태어난 곳, 생일, 결혼 날짜, 입당 날짜, 귀도 당서기장 및 행정 수장에 이르기까지 그동안 맡았던 직책들, 그리고 무슨 혐의로 체포되어 유죄판결을 받았는지 다 외워야 해. 죄목은 부정부패, 위조, 회사 자산 유용, 살인 교사, 공금 횡령이고, 횡령액은 정확히 1억 3671만 1884위안이야. 그래서 극형이 선고된 거고. 한마디로 이애가 자기가 9413번이라고 생각하게 만들어야 해."

아이는 눈을 반짝거리면서 녹음기 버튼을 쓰다듬었다.

"다음번 서커스 공연 때 나오는 인물인가요?" 아이는 물었다.

소장은 아무 대답 없이 테이프를 되감더니 플레이 버튼을 눌렀다. 목소리가 다시 울려퍼졌다. "수인 번호 9413."

IV

아이는 새로운 임무를 수행하게 된 것이 기뻐서 하루종일 창
고 안을 서성이며 테이프 내용을 암송했다. 행정 수장의 이력 중
날짜나 세부 사항을 기억해보고, 막대한 횡령액을 재차 듣는가
하면, 그가 참석한 파티의 이름, 그가 수령한 선물 목록, 인맥, 공
범들의 이름 등을 확인하기도 했다. 아이는 이런 역을 자기에게
맡기는 게 이상하다고 생각했다. 계산대로라면 9413번 죄수는
일흔 살이 넘었을 텐데 자기는 열두 살에 불과하지 않은가. 하지
만 코미디 서커스에 대한 무지를 드러내고 싶지 않았고, 무엇보
다 배역을 놓칠까 두려워 아무 내색도 하지 않았다.

"이제 이 인물을 연기할 수 있겠어."

아이에게 이 자신감은 일생일대의 발견이었다. 자신이 연기를 할 수 있다는, 자기보다 나이가 여섯 배는 많은 사람의 역할을 해낼 수 있으리라는 느낌이 들었다. ("맞아, 내가 제일 잘하고 싶은 건 바로 이거야.")

아이는 자신에게 보물 같은 재능이 있다 믿었다…… 어떤 인물이든, 심지어 죄수조차 연기할 수 있었다.

아이는 지칠 줄 몰랐다. 인물의 일생을 암기한 뒤에는 감시인이 알려준 다른 것, 예컨대 매일 아침 여섯시 삼십분에 죄수들이 목청껏 외쳐야 하는 문장도 암송하려 노력했다.

"교도관님 안녕하십니까, 교도소장님 안녕하십니까. 저는 이 교도소의 규칙을 준수하고, 제 사고를 개조하려 애쓰며, 새로운 사람으로 태어나려고 노력할 것을 맹세합니다."

혹은 '진료 요청' 같은, 전직 간수가 가르쳐준 일상생활에서 쓰는 표현을 외웠다.

"존경하는 의사 선생님, 저는 각종 범죄와 부정행위로 수감된 9413번 재소자입니다. 저는 산시성 핑야오현 출신입니다. 나이 71세, 성별 남성으로, 얼마 전부터 장에 문제가 있어 화장실에 가지 못하고 있습니다. 진료를 부탁드립니다. 정말 감사합니다."

사실성을 더하고 싶었던지 감시인은 기꺼이 의사의 왕진 장면을 재현해주었다. 그는 독방 문 대용으로 전자제품 폐기물 무더기에서 커다란 플라스틱 조각을 가져오더니 식칼로 구멍을 냈다. 두 사람은 각자 문을 사이에 두고 자리를 잡았다. '늙은 죄수' 9413은 문틈으로 진료 요청서를 내밀었고, 감시인은 그것을 집어 읽지도 않고 던져버렸다.

"9413!" 그가 외쳤다. "의사 선생님 왕진이다."

아이가 문 쪽으로 다가가 구멍으로 손을 내밀자 감시인은 아스피린 한 알을 놓았다.

"입 벌리고 삼켜, 이 쓰레기 자식아." 그가 명령했다. "아가리에 처넣으란 말이야."

캡슐을 복용한 다음 아이는 '의사'가 예리한 눈으로 문구멍을 통해 입안 깊숙이 살펴보고 약이 없어졌는지 확인할 수 있도록 입을 크게 벌려야 했다.

그들은 이런 촌극을 즐겼고, 특히 '사형수' 연기를 할 땐 숭고할 정도까지는 아니어도 상당히 흥미로운 순간을 맛보았다.

사실 귀도에는 감옥이 두 개 있었다. 하나는 유죄판결을 받은 죄수가 매일 열 시간에서 열두 시간씩 재활용 작업장에서 일하며 복역하는 교도소였고, 다른 하나는 '지방 구치소'라 불리는 곳으로 이곳의 수감자들은 서양의 명품 브랜드 옷감에 반짝이

장식을 바느질해 다는 일을 하며 재판을 기다렸다. 그리고 모든 사형수는 처형 전날 교도소에서 구치소로 이송되어 마지막 밤을 보내게 되었다.

벙어리 여인의 조카로서는 운이 좋게도, 그의 감시인은 오랫동안 구치소에서 일했던 터라 그곳에 관한 정보를 무진장 제공해주었고, 그 덕에 아이는 사형집행 장면을 완벽하게 연기할 수 있었다.

무대장치의 공간적 제약으로 인해 서로 150킬로미터 떨어져 있는 두 감옥 사이의 거리는 아이의 침대와 사무실 사이의 15미터로 축소되어, 견장 없는 경찰복 차림에 챙이 완전히 해진 경찰모를 쓴 감시인이 수갑과 쇠사슬을 찬 9413번 죄수를 사무실까지 압송했다.

여기서 강조해야 할 점은 진짜 사형수들이 으레 그렇듯 9413번 죄수도 자기에게 무슨 일이 닥칠지 모른다는 것이었다.

사무실에서 감시인은 모자 한가운데에 중국의 국장國章 대신 빨간 판지 조각을 붙여 법관으로 변신했다. 그는 9413번 수감자의 항소를 기각하는 고등법원의 결정을 엄숙히 낭독했고, 판결문의 마지막 말인 '즉각 처형'이라는 단어가 황량하고 거대한 창고 안에 울려퍼졌다.

그런 다음 감시인은 모자를 벗고 검찰공무원이 되어 죄수에게 수인 번호, 성명, 출생지, 생일, 호적 그리고 배우자와 자녀와 사위와 며느리와 손자의 성명 등을 물었다. 절차를 마친 뒤에는 표준 중국어로 신원확인이 끝났음을 선언했다.

이어 그는 다시 법관 모자를 쓰고 음색을 이상하게 바꿔 고저가 없는 밋밋한 저음의 목소리로 물었다.

"마지막 소원이 무엇이오?"

아이는 거의 일자무식이나 다름없었지만 상대의 태도를 보고 이제 저세상으로의 여행이 개시되었으며 카운트다운이 시작되었음을 느꼈다. 지금껏 알지 못했던 감정과 저릿한 전율이 온몸을 휘감았다. 마지막으로 원하는 것을 말해야 했지만 단 한 마디도 꺼낼 수가 없었다.

감시인이자 법관이 덧붙였다. "예를 들어 수감자는 유언장을 남기거나 친지에게 편지를 쓸 수 있소. 변호인이 고등법원의 판결을 친지들에게 전할 것이고, 그들은 내일 아침 아홉시 처형장에서 그대의 시신을 찾아갈 수 있소."

아이는 자기가 정말 9413번 죄수의 입장이라면 처형 소식을 전할 사람이 아무도 없으리라는 사실을 문득 깨달았다. 이모마저 자기를 비싼 값에 팔아버리지 않았던가. 그러니 시신을 찾으

러 올 사람은 아무도 없을 것이다. 어머니는 죽은 지 이미 오래였다. 아버지는 애초에 본 적도 없었다.

긴 침묵이 흘렀다.

"마지막 소원을 말하시오."

"벙어리 여인의 두부를 먹고 싶습니다."

그 최후 소원을 감시인은 잊지 않았다.

사형집행 과정을 익히고 며칠 뒤 아이는 급식소 소장의 지시에 따라 머리를 삭발하고 '공연'을 위해 떠났다. 작별의 식사를 위해 감시인은 섬 중심가에서 여전히 장사를 하던 벙어리 여인의 두부를 사오도록 했고 아이가 맛있게 먹는 모습을 지켜보았다. 한참 동안 창고 안에서는 게걸스레 음식을 씹어 삼키는 소리밖에 들리지 않았다. 곧 감시인의 얼굴에 생기가 돌았다.

"그래, 지난번에 네가 물어봤던 게 뭐였지?"

그의 목소리에 아이는 화들짝 놀랐다. 기억이 나지 않았다.

"그 질문을 다시 해봐."

"질문이……"

"호찌민이 누구냐고 물어보라고."

"호찌민이 누구예요?"

솜씨 좋게 튀겨 겉면이 얇고 부드럽고 바삭바삭한 채소 두부를 아이가 맛있게 먹는 동안 감시인은 설명을 시작했다.

"호찌민은 베트남의 전직 국가주석 이름이야. 그 사람 이야기를 해줄게. 원래 그의 이름은 호찌민이 아니었어. 베트남식 이름을 갖고 있었지. 그는 조국의 독립을 요구하는 혁명가였기 때문에 프랑스 경찰에서는 그를 위험한 테러리스트로 간주했어. 그래서 가끔씩 국경을 넘어 중국 산악지대에 몸을 숨겼지. 그런데 어느 날 국민당 군대에 체포된 거야. 국민당은 프랑스 요청에 따라 그에게 사형을 선고했어. 하지만 사형집행 전날 중국 공산당은 독방에 다른 사람을 보내 죄수를 바꿔치기했어. 그렇게 그를 대신해 총살당한 중국인 이름이 바로 호찌민이었어. 그 중국인을 기리기 위해 그는 자기 이름을 호찌민으로 바꾼 거야."

V

작별의 식사를 하고 몇 시간이 지난 뒤 수세식 장치도 없고 변기도 없는 산중의 변소에서는 가짜 9413번 죄수가 지름 20센티미터짜리 구멍이 뚫린 널빤지 위에 쭈그리고 앉은 채 귀를 기울이고 있었다. 몇 차례 곤두박질친 똥 덩어리는 마법처럼 아무 소리도 없이, 조금의 메아리도 없이 낭떠러지 아래로 사라졌다.

"아, 벙어리 여인의 두부가 떠나버렸네." 그는 말했다.

옆 칸에서 꾸지람 소리가 들려왔다. 급식소 소장의 낮은 목소리였다.

"멍청이, 조용히 해. 여기가 구치소라는 거 잊었어? 절대 입열면 안 돼."

소장이 불안해하는 것도 무리는 아니었다. 이들은 여자 변소에 숨어 있었던 것이다. 열 개의 칸이 두 줄로 늘어선 여자 변소는 남자 변소와 2미터 높이의 칸막이벽으로 분리되어 있었다.

저녁 일곱시 이후에는 구치소 직원들만 이 변소를 사용할 수 있었다. 그 때문인지 다른 변소보다 시설도 괜찮고 청결하며 관리 상태도 양호했다. 벽에는 욕설 대신 "녹슨 총을 닦아 윤내는 것은 어렵지 않지만, 정신에 녹이 슬면 광을 내기가 쉽지 않다" 따위의 표어가 붙어 있었다. 빗자루들은 가지런히 못에 걸려 있었다. 철망을 친 높다란 창문으로 빛이 들어와 벽의 밝은 부분에 나무 그림자가 드리웠다. 변소 칸마다 흰 사기그릇에 휴지가 놓여 있었다.

변을 본 뒤 아이는 밑을 닦았다. 하지만 발밑으로 바람이 너무 강하게 불어서 허공에 던진 오물 묻은 휴지가 다시 돌아왔다.

아이는 하마터면 웃음을 터뜨릴 뻔했다. 하지만 소장이 화낼까 두려워 입을 다물었다. 아이는 능숙한 손길로 더러운 휴지를 다시 집어서 몸을 숙이고는 팔을 뻗어 구멍 속에 넣었다. 바람이 손을 휘갈겼고, 아이는 휴지를 구름 속으로 떠나보냈다.

구치소는 섬 중심가에서 12킬로미터 떨어진 향흠이라는 이름의 언덕에 있었다. 사실 언덕이라는 말로는 부족했다. 둥그스름한 산등성이가 나타나기도 하고, 해발 1500미터에 이르는 깎아지르는 바위산이 지평선의 일부를 가리기도 하는 이곳은 사실상 산맥이나 다름없었다.

벙어리 여인의 조카는 포장용 상자 안에 들어간 채 소장의 아우디 4 트렁크에 실려왔기 때문에 이 여름날 저녁 저멀리 푸르스름한 빛깔이 감도는 가운데 중턱은 적갈색이요 봉우리는 보라색인 구불구불한 산등성이가 그려내는 빛과 그림자의 장관을 감상할 수 없었다. 또한 시멘트를 끌고 가는 노인들과 아이들의 긴 행렬도, 계곡 아래쪽 구치소 지구의 철조망 안에 늘어선 단조로운 콘크리트 건물도, 저무는 햇살에 병사들의 헬멧과 기관총이 반짝이던 망루도 보지 못했다. 단지 남단에 있는 행정 지구도, 정문도, 잡귀를 쫓으려고 세워놓은 벽도, 길게 늘어선 큰길도, 첫번째 큰길 위의 낮은 가옥 두 채도 보지 못했다. 종탑도, 현재 공사중이라 비계에 둘러싸인 강당도, 널찍한 마당도, 가지를 친 회양목과 주목들이 서 있는 정원도, 마지막으로 깎아지르는 구덩이 가장자리에 벙커처럼 서 있는 반원형 급식소 건물도 보지 못했다.

아우디 4는 급식소의 서쪽 문 앞에 슬며시 정차했다. 소장이 차에서 내려 자신의 두 왕국 중 한 곳을 빙 돌며 주위를 살폈다

(그는 교도소 급식소와 구치소 급식소 두 곳의 왕으로 군림하고 있었다). 그는 직원들에게 가서 인사를 했다. 저녁 배식은 이미 끝나 요리사들과 주방보조들이—사장은 직원 숫자를 세어보았다. 빠진 사람은 하나도 없었다—흰 김이 피어오르는 주방의 긴 식탁에 앉아 저녁을 먹고 있었다.

자신을 방해할 사람이 아무도 없다는 것을 확인한 소장은 그날 밤 사형수의 신원확인이 진행될 식당으로 향했다. 이 절차는 보통 강당에서 이루어졌지만 현재 강당은 공사중이었다.

모든 것이 준비되었다. 식당의 절반은 비어 있었고, 식탁과 긴 의자들도 자리에서 치워 다른 쪽에 쌓아둔 상태였다. 여기저기 붉은 깃발이 휘날리고, 안쪽 벽에는 중국의 국장이 붙어 있었으며, 측면 벽에는 커다란 플래카드가 길게 걸려 있었다. 플래카드의 문안은 소장이 직접 정한 것으로, 사형수인 진짜 9413번 죄수만이 그 숨은 의미를 이해할 터였다.

오른쪽의 문구는 다음과 같았다.

"역사는 폭력에 두 종류가 있음을 보여준다. 하나는 정당한 폭력이고, 다른 하나는 부당한 폭력이다."

왼쪽의 문구는 다음과 같았다.

"중국의 사법기관은 언제나 전투부대요, 당의 정치적 과업을 실행하는 조직이다."

그는 식당에서 10미터 길이의 복도로 연결되어 있는 경리과 사무실을 확인했다. 이 사무실은 여러 교도관의 엄중한 감시하에 사형수가 마지막 밤을 보낼 임시 독방으로 쓰일 예정이었다. 불쌍한 죄수를 위한 작은 철제 침대와 감시인들을 위한 긴 나무의자 두 개 등, 이곳에도 모든 것이 제대로 갖추어져 있었다. 그는 보온병에 온수가 채워져 있는지, 차 상자가 비어 있지는 않은지 확인한 뒤 방 가운데 놓인 북을 손가락으로 몇 차례 두드려보았다. 그 북은 사형수의 마지막 소원이었다.

마침내 소장은 짐수레를 가지고 자동차로 돌아왔다. 그는 트렁크를 열고 상자를 꺼내 수레에 실은 다음 어둑어둑해진 급식소 문까지 수레를 조용히 밀고 갔다. 인적 없는 넓은 홀을 지나 뒷문으로 다시 나가니 포석이 깔린 마당이 나왔고, 마당 안쪽 절벽 위에 직원 전용 변소가 있었다.

그는 몸을 돌려 주위를 유심히 살핀 다음 치마 입은 여자의 그림이 그려진 문을 밀고 들어갔다.

날이 어두워지자마자 남녀 변소를 분리하는 칸막이벽 위로 희미한 알전구 하나가 켜졌다.

여성 전용 구역의 침입자 역을 맡은 벙어리 여인의 조카는 멀리서 들리는 쇠사슬소리에 저승에서 귀신이 돌아오기라도 하는 양 몸을 떨었다. 소리는 미로와 같은 급식소 안쪽에서부터 올라오고 있었다.

굉장한 쇠사슬인데, 아이는 생각했다. 고리의 연결 부분이 녹슨 것 같아. 몇 킬로그램이나 나갈까? 5킬로? 8킬로? 10킬로? 사슬을 찬 사람이 발을 한 번 내딛는 데 어마어마한 시간이 걸렸으니, 역시 사슬에 묶인 채 벽에 붙은 봉을 잡고 걸어본 사람으로서 경험에 비추어 그 무게를 어림해보니 등골이 서늘해졌다. 발을 디딜 때마다 쇠사슬이 얼마나 살갗을 파고들고 발목을 짓이길지 짐작이 되었다. 위협적으로 울리는 묵직한 소리에 피가 얼어붙는 것만 같았다.

나처럼 힘든 훈련을 마친 뒤 연기를 하고 있는 동료인지도 몰라, 아이는 생각했다.

옆 칸에 있는 급식소 소장에게 물어볼까 하는 찰나, 갑자기 변소 문이 열렸다.

둘이 오래전부터 공모해왔는지, 들어온 사람은 소장이 어느 칸에 숨어 있는지 정확히 알고 있었다. 그는 불쑥 문을 열고 상대가 주머니에서 꺼내 건네준 지폐 뭉치를 받더니 아무 말도 않고 순식간에 사라졌다. 그의 뒤로 변소의 문이 다시 닫혔다.

쇠사슬소리는 이제 들리지 않았다.

늙은 죄수가 탈진한 것일까, 아니면 배우가 등장한 것일까?

아이는 귀를 기울였지만 전등 주위에서 파닥이는 나방들의 날갯짓소리밖에 들리지 않았다.

갑자기 급식소 쪽에서 한 남자가 고등법원의 결정문을 낭독하는 소리가 울려왔다. 항소 기각, 즉시 사형집행.

놀랍게도 그 소리가 그를 감시하던 전직 간수의 목소리를 연상시켰다. 음색도 똑같고, 어조도 똑같고, 쉼표 하나 정도를 빼면 쓰는 어휘도 똑같았다. 하지만 그 사람의 중국어에는 쓰촨성 억양이 강하게 배어 있는데다 자신감이 부족한 느낌이 들어 판결문에 약간의 지방색과 희극적이면서도 아마추어적인 측면을 더하고 있었다.

멀리서 듣자니 그가 창고에서 연습할 때와 같은 자신감이 없고 장면 자체에 약간 맥이 풀린 느낌이었다.

모든 것이 감시인이 알려준 각본 그대로였지만 사형수의 신원을 확인하는 대목에서 대화는 졸졸거리는 물소리처럼 속삭이듯

이어졌다.

"수인 번호?"

아이는 대답에 귀를 기울였다.

"9413."

아이의 입술에 너그러운 미소가 그려졌다. 아이는 확신했다. 자신이 더 잘할 수 있었다.

극도의 흥분 상태까지는 아니더라도 초조한 마음으로 차례가 돌아오기를 기다리면서 아이는 유심히 귀를 기울였다. 경쟁자가 대답을 바르게 하면 고개를 끄덕이고, 결혼 날짜, 둘째 아이의 생일, 넷째 사위의 이름, 손자들의 이름 등 사소한 세부 사항이 부정확하면 몸을 움찔했다…… 질문을 받은 사람이 기억의 공백이 생겨 끝끝내 호적상의 어떤 구체적인 날짜를 떠올리지 못하자 칠십대 노인의 역할을 동년배에게 맡기다니 어떻게 그럴 수 있는지 아이는 의아해했다.

판사들, 검찰공무원들, 경찰들이 떠난 뒤 9413이 독방으로 물러나 수갑을 풀고 북을 치기 시작하자 비난의 감정은 더욱 거세졌다.

변소와 독방 사이에는 포석이 깔린 마당밖에 없어서 아이는 북소리를 똑똑히 들을 수 있었다. 벙어리 여인이 두부를 팔 때

연주하던 곡의 시작 부분이었는데, 열정, 신선함, 생기, 교태, 매력, 설득력이 결여되어 있었다. 정말 딱할 지경이네! 아이의 귀에 들려오는 것은 일종의 느리고 장중한 장송행진곡이었다. 〈인터내셔널가〉 같기도 했다. 다행히 그 사람은 연주 도중 생리적 욕구를 느껴 잠시 휴식을 요청했다.

두 발이 사슬에 묶여 있었기에 두 감시인은 수갑만 다시 채우고 그를 변소 쪽으로 이끌었다.

그가 마당을 지나는 동안—얼마나 고된 여정일지!—쇠사슬 소리가 끊임없이 이어졌고, 다시금 아이는 그 걸음과 걸음 사이에 영원처럼 긴 시간이 흐르는 기분이었다.

마침내 세 사람이 변소 입구에 도착했다. 감시인 하나가 죄수와 함께 기다리는 사이 다른 감시인이 남자 칸의 문을 하나하나 열어보았다.

확인 절차가 끝난 뒤 여러 가지 소리가 나는 것으로 미루어 아마 수갑과 사슬을 풀고 있는 모양이라고 아이는 생각했다.

죄수는 맨발로 시멘트 바닥을 걸었다. 가벼운 파행 증세가 있는 게 틀림없었다. 죄수는 호송인의 허락을 받아 입구에서 멀고 칸막이벽에서 가까운 칸에 들어갔다. 급식소 소장과 벙어리 여인의 조카는 바로 그 칸막이벽 너머에 있었다. 죄수가 문을 닫자 감시인들은 그가 편히 일을 볼 수 있도록 밖으로 나갔다.

무슨 일이 닥친 건지 아이가 깨닫기도 전에 소장이 아이를 칸에서 꺼내 반대편으로 들어올렸다. 눈 깜짝할 사이에 벌어진 일이었다. 오랜 연구와 연습을 거친 소장의 동작은 순식간에, 정확하고 소리 없이 이루어졌다. 그는 아이를 두 팔로 잡아 칸막이벽 옆에 대놓은 수레에 오르게 하더니 엉덩이와 다리와 발을 밀어 올려 잽싸게 옆 칸으로 보냈다.

아이는 거미줄에 엉키고 몇 차례 못에 걸리긴 했지만 곧 반대편에 떨어졌다.

아이가 착지하는 소리는 감시인들의 귀를 피할 수 없었다. 그 중 한 명이 들어와 의심의 눈초리로 안쪽을 살펴보았다.

"아무 일 없어?"

"없습니다." 죄수가 대답했다.

한 늙은이가 그림자처럼, 젊은 육상선수보다도 빠르게 아이에게 다가오더니, 줄무늬 바지와 수인 번호가 찍힌 상의를 벗어 아이와 옷을 바꿔 입었다.

조명이 워낙 약해 노인의 얼굴을 잘 알아볼 수 없었지만 아이는 자기들이 무척 닮았다는 것을 알 수 있었다. 수레를 딛고 칸막이벽 위로 머리를 내민 소장 역시 누가 벙어리 여인의 조카이고 누가 늙은 행정 수장인지 구별할 수 없었다. 늙은 친구를 조로증에 걸린 아이로 착각할 만큼 두 사람의 유사성은 명백했다. 대머리, 흰 눈썹, 주름, 키, 눈빛까지.

늙은이가 아이에게 신발을 달라고 손짓했다. 아이의 신발은 해어져 여기저기 구멍이 생기고 냄새나는 운동화였다. 신발은 딱 맞았다.

"행운을 빈다." 그가 아이의 귀에 속삭였다.

"안녕히 가세요." 벙어리 여인의 조카는 대답했다.

늙은이는 소장이 칸막이벽 너머로 내민 손을 잡고 살짝 뛰어올라 육상선수처럼 벽을 넘어가더니 소리 없이 아이의 시야에서 사라졌다.

아이는 죄수의 상의와 줄무늬 바지를 입고서 변소를 나왔다. 아이는 배역을 완벽히 소화했다. 은퇴한 간수에게 배웠던 대로 쭈그려앉은 다음 감시인들이 수갑을 채울 수 있게 손을 들었고, 살짝 미소를 머금은 채 제 발목에 쇠사슬을 매게 했다.

완벽을 기하기 위해 마당을 지나는 동안 늙은이처럼 느릿느릿 걸으며 약간씩 발을 저는 것도 잊지 않았다.

독방에 들어서자 아이는 침대에 앉아 손가락 끝으로 북을 어루만지다가 북채를 가볍게 쥐고 한없이 부드럽게, 벙어리 여인이 만든 시금치 두부의 겉면에 버금갈 만큼 부드럽게 잠시 북을 연주했다. 북채는 삼박자 왈츠를 연상시키는 리듬으로 북의 철판 부분을 가볍게 스쳤다.

이런 연주 방식에 두 감시인은 놀라 경계하는 눈빛으로 그를 주시했다. 감시인들을 안심시키기 위해 아이는 북의 철판이 아니라 가죽을 두드려 〈두부 왈츠〉를 연주하기 시작했다. 감시인 하나가 〈아름답고 푸른 도나우강〉을 휘파람으로 불었고 다른 감시인은 감시 일지에 다음과 같이 기록했다. "처형 전날 9413은 아무 일 없다는 듯 북을 연주함. 이전엔 고르바초프의 반점처럼 분홍색이었던 반점만이 이제는 불에 그슬린 듯 검은색으로 변해 죽음에 대한 공포를 드러냄."

TROIS VIES

저수지의 보가트

CHINOISES

I

어머니가 실종된 지 얼마 되지 않았을 때의 일이다. 어느 날, 작고 습기 찬 옷장에서 예전에는 금빛이었으나 지금은 세월에 검게 바랜 옻칠 상자를 발견했다. 어머니는 그 상자 안에 성스러운 종교적 유물을 모셔두듯 녹슨 못 하나와 머리칼 몇 가닥, 살이 두세 개 부러진 장뇌목 빗 하나, 반지 하나, 금가락지 하나, 옥팔찌 하나, 구리로 된 빈 탄피 하나를 보관해두었다.

탄피의 크기는 범죄영화에 나오는 권총의 탄피와 비슷했지만 재질을 보면 꼭 엄숙한 의식에 쓰이는 물건 같았다. 멀리서 보면 금으로 착각해도 이상하지 않을 만큼 반짝이는 노란색이었다.

그 탄피를 보자 아버지의 라이터가 생각났다. 아버지는 언제나 라이터를 어루만지고 돌리고 뒤집어본 뒤에야 불을 켜곤 했다. 그 라이터는 구경도 같고 재질도 같고 위엄 있는 광채도 똑같은 탄피를 가지고 아버지가 직접 만든 것이었다.

손가락 끝으로 탄피를 만지작대자 엄마의 목소리가 떠올랐다. 부엌. 엄마와 나. 엄마의 낮은 목소리. 냄비의 기름 속에서 삼겹살이 지글거리며 나는 즐거운 휘파람소리. 김. 연기. 그 기름냄새.

"아, 네 아버지의 총을 처음 봤을 때 얘긴 꼭 해줘야겠구나. 믿을지 모르겠지만 그 총 말이야, 그 고물 덩어리가 우리 결혼식 때도 있었다니까! 다른 여자들처럼 나도 무릉도원으로 그려지는 항저우나 황룽 계곡으로 둘이서 몇 주 동안 신혼여행을 갔으면 했어. 하지만 그때 '새벽 농장'의 재교육 수용소 저수지 관리인으로 일하던 네 아버지는 수용소의 간수 이백 명 중에 제일 말단인 사람보다도 월급을 적게 받았어. 심지어 관리인 제복도 주지 않아서 군복무할 때 입던 군복을 입어야 했지. 나는 시골 초등학교 선생님의 딸이었는데 막 전자제품 폐기물 재활용 공장에서 수습공으로 일을 시작한 참이었고. 그러니 우리 처지에 무슨 신혼여행이니? 하지만 그래도 보름달 아래 첫날밤은 얼마나 아름다웠는지!

저수지에 대해서는 난 원래 잘 알고 있었어. 결혼 전에도 몇 번 와봤거든. 처음에는 인공호수인 줄 알았지. 하지만 결혼 첫날 밤이 되니까 처음으로 저수지를 불안한 마음으로 쳐다보게 되더라. 주변에 나무 한 그루 없는 이 네모난 검은 못 옆에서 평생을 보내야 한다는 걸 그제야 깨달은 거야. 하지만 부모님이나 이전에 가까이 지내던 이들의 빈자리를 네 아버지가 메워주리라고 기대했지.

네 아버지는 물가에서 담배를 피우고 있었어. 그이는 담배를 손바닥에 대고 세 손가락으로 쥐곤 했지. 그래서 보가트라는 별명이 붙은 거야. 그해에, 그러니까 1990년에 이 섬의 극장에서 〈카사블랑카〉라는 오래된 미국 흑백영화를 줄기차게 틀어댔거든. 근데 그 영화의 주인공인 보가트가 네 아버지하고 똑같은 자세로 담배를 피우더라고.

그이는 나한테 말도 안 하고 트랙터의 낡은 타이어 튜브 하나를 흰색으로 칠한 다음 집 앞에 두었어. 고무 냄새가 진동을 했지. 그 근처에는 커다란 물방개들이 우글거렸어. 네 아버지는 튜브를 물에 띄우고, 모기 퇴치용으로 사프란 가루를 바른 다음 날 그 위에 오르게 했어. 나는 숨을 참고 있었어. 물에 빠질까봐 두려웠던 건 아니야. 여름에는 물이 깊지 않거든. 그보다는, 내 품에 소총이 안겨 있어서 그랬지. 튜브를 물에 띄운 다음 그이가 집으로 들어갔다가 그놈의 물건을 가지고 나와 내 품에 안겨준 거야. 난 거의 울 뻔했어. 그땐 저수지 근처에 꽃이 많았어. 글라디올러스, 히비스커스, 수선화, 특히 수레국화, 패랭이꽃, 아니스 같은 꽃. 정말 꽃이 만발했단다. 너희 아버지는 나한테 화환을 만들어줄 수도 있었을 테지만 그러지 않았어. 내 차지는 겨우 소총이었지. 그이는 웃통을 벗고 팬티 차림에 군모를 쓴 채로 물속에서 걷기도 하고 헤엄도 쳐가면서 튜브를 건너편 둑까지 밀고 갔어. '보가트, 우리 뭐하는 거야?' 내가 물어봤지. '군사훈련이라도 해?' 그 말에 네 아버지는 웃음을 터뜨렸어. 미친 사람처럼 웃더라고. 네 아버지가 그렇게 웃는 건 그전에도 그후에도 본 적이 없다니까.

네 아버지는 다정하게 내 귀에 속삭였어. '오천 명의 죄수가 있는 수용소의 저수지 관리인에겐 무기가 필요해. 물고기 도둑을 죽이려는 게 아니야. 탈옥하려는 죄수들 때문이지. 근데 왜 하필이 총이냐고? 왜 나가카미 대령이 1906년식 보병용 소총을 개량해 완성한 1938년식 일제 소총이냐고? 왜 남들이 쓰는 경기관총이 아니냐고? 이놈이 날 선택한 거야. 수용소 병기고의 먼지투성이 선반에 아마 오십 년쯤 놓여 있었던 것 같은 이놈을 봤을 때, 총신은 휘고 안전장치는 망가지고 개머리판은 닳았어도 이 늙은 괴물은 꼭 살아 있는 것 같았어. 이놈은 날 기다리고 있었던 거야. 먼지를 떨어내니까 총신에 새겨진 일본 왕실 문양이 보였어. 왕이 직접 어느 병사한테 하사한 물건이라는 뜻이지. 당시에는 이놈을 부활시킬 수 있으리라 아무도 믿지 않았을 거야. 하지만 알다시피 당신 신랑이 손재주 하나는 수용소에서 최고잖아. 심지어 새벽 농장의 비좁은 밭에 맞는 소형 트랙터를 개발하기도 했다고. 나는 군대에 있을 때 소총을 수리해본 적이 있어. 하지만 이번에는 총신의 각 부분을 어떻게 끼워맞춰야 하는지 파악하는 데 시간이 꽤 걸렸지. 제일 힘들었던 건 공이치기의 경사각을 찾는 거였어. 공이치기 스프링도 하나 모자라서 수용소 철공소에서 내가 직접 만들어야 했고.'

네 아버지가 말한 문양은 국화꽃이었는데, 그 문양은 총신만큼이나 검은 광채를 발하고 있었어. 나는 만져보고 싶었지만 그이가 살아 있다고 한 그 늙은 괴물을 깨울까 두려워서 참았어.

저수지를 건너 우리는 둑으로 기어올랐어. 그리고 잡초 사이로 구불구불 이어진 완만한 비탈길을 따라 언덕에 이르렀고. 발밑에는 계곡이 펼쳐져 있었지. 주위는 온통 고요했어. 경치를 가로막는 건 아무것도 없었어. '정지' 하고 네 아버지가 외치더라. 우리는 자리에 앉았어. 그이는 소총을 정성껏 닦은 다음 방아쇠를 당겨 총의 상태를 확인했어. 그러고 나서 나한테 총을 어떻게 잡는지 가르쳐줬어. 한쪽 무릎을 땅에 대고 조준하는 법 말이야. 저녁 안개가 언덕 위에 퍼지기 시작했고, 풀은 밤이슬로 촉촉해졌어. 마침내 그이는 탄창에 총알을 하나 넣었어. 개머리판에 턱을 받치고 있자니 총이 숨을 쉬는 게 느껴졌어. 네 아버지가 말한 대로 그건 살아 있는 생물이었어. 나는 숨을 멈추고 네 아버지가 알려준 대로 조준을 했어. 근데 한쪽 눈을 감는 순간 갑자기 그 늙은 괴물—네 아버지가 쓴 바로 그 표현이 떠오르더라—이 손가락 사이에서 깨어나더니 내 의지와 무관하게 총알이 저 혼자 나가버린 거야. 무슨 일인지 깨닫기도 전에 화약 타는 냄새가 코를 찔렀지. 어깨에 가해지는 총의 반동이 너무 심해서 나는 심장에 총알이 박힌 줄 알았어. 불행히도 총알은 너무 낮게 날아가 메뚜기처럼 풀밭에 튀었어. 실망스러운 사격이었지.

'어휴, 누가 시골 선생님 딸 아니랄까봐!' 네 아버지는 거의 화를 내다시피 하면서 투덜댔어. 그러곤 총을 잡더니 땅에 엎드려 다시 총알을 장전하고 언덕 아래쪽을 겨눈 다음 총을 발사했어. 진짜 보병다운 보병이었지. 눈 한 번 깜박이지 않더라니까. 그러더니 그이는 총구에서 연기가 피어오르는 걸 바라보았어. 허공을 찢고 새들을 날려보낸 총소리에 엄청난 쾌감을 느끼는 것 같더라.

언덕 위에 다시 고요가 돌아왔을 때 네 아버지는 땅에 떨어진 탄피 두 개를 주웠어. 나한테 하나를 주고 하나는 자기가 가졌지. 네 아버진 한 마디도 안 했어. 너도 알다시피 보가트는 원래 말이 많은 사람이 아니잖니. 하지만 나는 그 행동이 마음에 들었어. 그이에게 그 탄피들은 이후 우리를 남편과 아내로 묶어주는 계약의 증인이었던 셈이야."

옻칠 상자에 종교적 유물처럼 들어 있던 금빛 탄피에는 주머니칼로 새긴, 읽기 힘들 만큼 아주 작은 글자가 있었다. 처음에는 국화꽃인 줄 알았지만 아니었다. 그것은 내가 태어나기 정확히 열 달 전인 1992년 3월 7일, 부모님의 결혼 날짜였다.

II

어머니가 축축한 옷장 속에 보관하다가 어머니의 실종 이후 내 손에 들어온, 초등학생 때 쓰던 공책 중 하나를 살펴보는데, 국어 시간에 〈인민일보〉의 기사 하나를 베껴 적은 것이 눈에 띄었다. '마오 주석, 명나라 시대의 열세 개 무덤에 있는 저수지 시찰'이라는, 전형적인 혁명기의 문체로 쓰인 기사였다.

프롤레타리아적 낭만주의의 특징이 고스란히 담긴 이 글은 요란하고 과장된 어휘로 도배되어 있어, 외람된 말이지만 두세 줄의 훌륭한 문장을 제외하면 지루했다. 어렸을 때 나는 이런 글을 수백 번씩 듣고 백지에 한 자 한 자 베껴 적어야 했지만 대부분은 머릿속에 들어오지 않았다. 그럼에도 나는 이 글이 사회주의

체제의 장점을 이야기한다는 것, 오직 우리의 전능한 국가만이 현대 농촌 지역의 긴급하고 필수불가결한 필요에 부응하여 이런 장대한 사업을 추진할 수 있으며, '저수지'라는 단어가 중국어로는 굉장히—특히 우리 가족의 일상에서는 더더욱—평범한 말이지만, 정치·경제적 측면에서는 인민의 행복과 동의어라는 사실을 이해할 수 있었다. "강수량이 적은 기후일수록 관수는 경작에 가장 필수적이다." 기사에 따르면 서양 언어에는 이 단어가 거의 없다시피 하여, 불쌍한 수백 수천만의 유럽인과 미국인은 그 단어를 알지 못한다고 했다. 베르사유궁전 정원의 역사를 연구하는 사람만 예외였는데, 그 단어가 아름다운 분수로 궁정의 귀부인들을 놀래주기 위해 프랑스 국왕이 건설한 저수조를 가리켰기 때문이었다. 19세기에는 뉴욕 시청에서도 배수펌프장을 갖춘 진짜 저수조를 만들었는데, 이는 화재 발생시 시청 소속 소방관들이 수압이 센 물을 쓸 수 있게 하기 위함이었다. 이런 역사를 설명한 후 기사의 필자는 이렇게 적었다. "우리 중국의 공산주의자들은 물을 만들어내는 것이 아니라 찾아내고 저장해서 원하는 곳 어디든 관개할 수 있다."

이 오래된 선전 기사를 다시 읽다보니 당시 내가 책상으로 쓰던 베니어판 궤짝의 냄새가 떠올랐다. 궤짝이 너무 높아서 글을 쓰려면 팔뚝으로 상판을 내리눌러야 했다. 펜을 너무 꽉 쥐는 바람에 엄지손가락에 빨갛게 피가 몰리던 것도 생각났다. 기사의 표현 하나하나에서, 글자 하나하나에서, 문장 하나하나에서 내 유년기의 행복을, 화강암 비석에 '새벽 농장 저수지'라는 공식 명칭을 새겨놓은 저수지 관리자인 보가트에 대한 경탄을 다시금 기억해낼 수 있었다. 물론 마오 주석이 시찰한 저수지에 비하면 면적이 천분의 일도 안 되는 보잘것없는 것이었지만, 70년대에 수용소의 죄수들이 건설한 보가트의 저수지 또한 장대한 업적이요 경이로운 과학기술의 산물이었다. 물은 귀도의 북쪽 눈 덮인 산정에서 흘러내려와 수로를 따라 '코끼리코 산山'을 통과하고 그곳의 협곡과 고개를 건너, 길게 연결된 수도교를 따라 '장뇌樟腦 계곡'을 지났다. 그 수도교 중 아치가 스무 개에서 서른 개에 달하는 몇 개는 아름다운 외형과 대담한 궁륭 모양으로 유명했고, 다른 몇 개는 네 층으로 이루어져 여러 저수조와 급수장에 물을 공급했는데, 그중 한 곳에서 콸콸 쏟아져나온 물이 '대나무 언덕'의 비탈을 따라 우리의 저수지에 흘러들었다. 우리의 저수지는 정육면체 모양의 거대한 구덩이로, 담쟁이에 뒤덮인 육중한 벽은 두께가 거의 8미터에 높이는 13미터나 되었다.

그렇다, 높이가 13미터였다. 그러니 아버지가 핸들을 돌려 수

문을 여는 장면을 상상해보라(수문은 다량의 자갈을 깔아 새벽 농장에 적합한 수위를 유지하게끔 만들어둔 관개수로에 맞붙어 있었다). 물이 얼마나 큰 소리를 내면서─거의 천둥소리 같았다─수위가 눈금으로 표시된 하부로 떨어져내렸을지 상상해보라.

그때까지만 해도 새벽 농장의 저수지만은 귀도의 다른 저수지들을 덮친 환경파괴로 인한 재앙을 모면하는 듯했으며(예컨대 우리의 저수지보다 훨씬 큰 '노동 연대' 저수지에서는 10톤에 이르는 물고기들이 중금속에 중독되어 물고기 썩는 냄새가 몇 주 동안 진동했고, '동풍東風' 저수지의 물은 수백 헥타르의 수박밭을 오염시켜─수박은 귀도의 특산물로 한입 베어 물면 팔꿈치까지 흘러내리는 풍부하고 달콤한 과즙으로 유명했다─거기서 수확한 수박들은 큼직하고 매끈하고 껍질도 선녹색이었지만 속이 텅 비어 과육이 전혀 없었다), 그 덕에 보가트는 자리를 보전할 수 있었다. 그리하여 그는 하루 다섯 번씩 정해진 시간에 저수지 순찰을 계속했고, 때때로 일제 소총을 들고 갈 때도 있었으며, 외바퀴 손수레에 곡괭이, 자갈, 시멘트, 모래를 싣고 유지보수 공사를 했다.

(보가트는 엄마보다 키가 약간 작았지만 손수레를 끄는 손 앞쪽으로 튀어나온 어깨가 딱 바라진 체형이었다.)

"내가 어쩌자고 아무 야심도 없는 남자랑 결혼을 했는지." 어머니는 언제나 같은 소리였다. 공장에 들어가려고 농촌을 떠난 수억 명의 농부들처럼 광저우나 상하이로 이주한다든지, 섬 중심가에서 식당을 연다든지, 양계장이나 양돈장을 차린다든지, 제대로 된 집을 짓는다든지, 수용소의 간수들을 상대로 신발이나 옷을 파는 가게를 연다든지, 땅을 빌려 감자를 심는다든지 하는, 남편의 지원을 받지 못해 무산된 구상들을 주워섬기면서 줄곧 우리의 처지를 불평했다. 결국 아무것도, 회색 기와를 얹은 우리 오두막 앞 '손수건만큼 작은' 땅뙈기에 화단을 하나 만든 걸 빼면 아무것도 하지 못한 것이다. 하지만 그것은 멋진 양탄자처럼 수도 놓고 바둑판무늬로 구획도 지어놓은 마름모꼴 손수건이었다.

어머니 생각은 틀렸다.

야심이라면 보가트에게도 하나 있었다. 더구나 그는 그 야심을 한 번도 감춘 적이 없었다. 보가트의 야심은 바로 나였다. 스케이트의 본고장인 동북지방(예전에 일본은 그 지방을 식민 지배하며 만주라 불렀다) 출신인 그는 무남독녀인 나를 피겨스케이팅 챔피언으로 만들기를 꿈꾸며 늘 내가 스핀을 하는 모습을 보고 싶어했다.

"겨울에 우리 저수지만큼 환상적이고 이상적인 스케이트장이 또 어디 있니?" 보가트가 늘 하는 소리였다. "심지어 국가대표팀도 우리를 부러워할 거야."

나는 한 번도 그를 실망시키지 않았다. 어렸을 때부터 이미 그가 철봉 위에 대나무를 엮어 만들어준 '얼음 뗏목' 타기를 즐기던 터였다. 또 세 살 남짓한 나이에 내가 저수지의 빙판 위에서 넘어지지 않고 혼자 걷는 걸 우연히 보고 그가 감격하던 것이 지금도 생각이 난다. 보가트는 고무장화에 무쇠 날을 달아 나의 첫 스케이트를 손수 만들어주었다.

"이곳 사람들은 몸을 뻣뻣하게 세우고 스케이트를 타는데," 그는 말하곤 했다. "오직 내 딸만은 스케이트가 제2의 천성인 동북지방 출신 아이답게 몸통이 빙판을 향하게 완벽한 곡선을 유지하면서 탄단 말이지."

III

그날 아침 겨우 동이 틀 무렵, 밖에서는 이미 빙판에 곡괭이질을 하는 소리가 울리고 있었다. 보가트가 얼어붙은 저수지 한가운데에 구멍을 뚫고 있는 게 분명했다. 곡괭이 소리에서 그의 차분하고 힘찬 동작을 짐작할 수 있었다. 곧 잠잠해지더니 군화가 빙판에 끌리는 소리가 들렸다. 불쌍한 나의 트레이너는 스케이트도 가죽장화도 없었다. 그는 20여 미터를 걸어나가다가 멈추었고, 다시 곡괭이 소리가 울리기 시작했다. 다른 구멍을 뚫는 것이었다.

그는 이런 식으로 훈련을 준비했다. 내 훈련이었다. 연습을 너무 많이 하는 바람에 빙질이 나빠져서 스케이트 날에 얼음이 걸릴 것 같으면 보가트는 얼음 구멍에서 길어올린 물을 수레 위의 커다란 양철통에 받아두었다가 빙판에 물을 몇 양동이 부었다. 물은 순식간에 얼어붙어 유리처럼 매끈한 얼음층이 새로 형성되었다. '빙판에 물 뿌리기'는 고된 일이었지만 그해에는 특히나 절실했다. 사십 년 만의 가뭄으로 저수지 수심이 3미터밖에 되지 않았고, 스케이트장도 굉장히 좁아져 있었던 것이다.

나는 포근한 이불 밖으로 미끄러져나와 마룻바닥에 발을 디뎠다. 진정 의지력을 시험하는 순간이었다. 유리창에는 포도송이 모양의 얼음결정이 피어 있었다. 허벅지 중간까지 오는 바지를 입고 브래지어의 끈을 채우고—어머니가 쓰던 낡은 브래지어로, 실종되기 두 달 전에 어머니가 열세 살 소녀의 가슴 크기에 맞춰 수선해준 것이었다—두꺼운 터틀넥 스웨터 세 개를 껴입고, 누비로 안감을 댄 진홍색 잠바를 입은 다음, 침대 밑으로 손을 넣어 스케이트를 꺼냈다. 계단을 내려오는 동안에도 나는 아직 비몽사몽간이었다. 밖은 흐렸지만 눈의 반사광이 어찌나 눈부신지 나는 한순간 걸음을 멈췄다. 보가트는 빙판에 물을 뿌리는 일을 끝내고 자기랑 이름이 같은 남자와 똑같은 폼으로 담배를 한 대 피웠다. 몸에 튄 물이 얼어붙어 그를 투명한 얼음 갑옷으로 감싸고 있었다. 내가 훈련을 하는 동안 그는 언제나 세 개의 기본 장비를 손이 닿는 곳에 두었다. 내가 마실 온수가 든 보온병과 빙판을 청소할 빗자루, 그리고 내가 혹시나 얼음 구멍에 빠졌을 경우에 쓸, 밧줄 달린 긴 구명용 장대였다. 그런 일은 이 년 전에 딱 한 번 일어났다. 물 밖으로 빠져나온 나는 온몸이 꽁꽁 얼어붙어 침대에서 꼬박 사흘을 쉰 뒤에야 체온을 회복할 수 있었다.

이른아침, 나는 트레이너의 냉정한 시선을 받으면서 동작들을 연습했다. 처음에는 얕은 점프, 스핀, 쿼터 서클, 하프 턴, 한 쪽 발로 서서 회전하기 등 아주 간단한 것부터 시작해, 곧 독창적 안무가인 보가트가 창안한 더 복잡한 동작들로 넘어갔다. 그는 텔레비전과 비디오테이프리코더를 구입해 피겨스케이팅은 물론이고 춤이나 다이빙 프로그램까지 모조리 녹화했다. 그리고 우리집 1층의 식당 뒤에 있는 저수지 관리인 사무실에서 안무를 구상했는데, 저녁이 되어서야 녹초가 된 채로 사무실에서 나와 밥을 먹고 다시 사무실로 사라지는 일도 잦았다. 그는 본래 말이 많은 편이 아니었는데도 안무 구상 결과가 만족스러울 때면 어머니와 내 앞에서 몇 분씩이나 자기가 고안한 동작을 설명하곤 했다. 나를 뼛속까지 감동하게 만들던 그 열정적 음성이 지금도 귀에 선하다. 나는 스케이트로 그의 기하학적인 아라베스크 무늬를 무리 없이 그려냈다. "당신의 미적 감각은 군대식이야." 엄마는 그렇게 말하면서 비웃곤 했다. 완전히 틀린 말은 아니었다. 엄마가 피겨스케이팅에서 좋아하는 요소는 춤이었으니까. 엄마는 내가 외발로 계속해서 빙빙 돌거나 빙판 위에 스케이트 날로 1미터 50센티미터짜리 비둘기를 그리는 것을 훨씬 더 마음에 들어했다.

그러다 집에서 전화기가 울렸다. 좋은 소식이었다. 수용소 경리과에서 아버지에게 사무실로 와 11월 월급을 수령하라는 것이었다. 거의 석 달이나 밀린 월급이었다.

그는 떠나기 전 다음 훈련 과제를 정해주었다. 한 다리만 딛고 점프를 해 허공에서 두 바퀴를 돈 다음 다른 쪽 다리로 착지하는 동작이었다. 나는 무릎 보호대와 다리 보호대에 팔꿈치와 손목에도 보호장구를 차고 오토바이용 헬멧까지 쓰고 있어서 멀리서 보면 꼭 우주비행사 같았다.

아버지가 떠나자마자 나는 훈련 과제 대신 어머니가 제일 좋아하던 동작을 해보았다. 눈이 내리기 시작했다. 그날 나는 스케이트 왼발 오른발로 빙판에 얼마나 많은 비둘기를 그렸는지 모른다. 마지막까지 너무나 완벽해서, 만약 어머니가 그 모습을 보았다면 감격하여 자리에 주저앉았을 것이다. 가늘고 곧은 부리,

활짝 편 날개, 널찍하고 끝부분이 V자로 살짝 팬 꼬리에 양쪽으로 갈라진 두 개의 길쭉한 꽁지깃까지, 새는 당장이라도 하늘을 향해 날아오를 것만 같았다.

그 얼어붙은 저수지 위에서 멈추지 않고 춤을 춘 건 어머니를 위해서였다. 하지만 얼음이 말을 잘 들어서, 피곤했던 기억은 없다.

불행히도 빙질은 결국 나빠졌고, 아버지가 시킨 점프를 하려다 비둘기 그림 때문에 파인 홈에 스케이트 날이 걸리고 말았다. 피하려 애를 썼지만 이미 홈이 너무 많아 점프를 할 수 없었다.

그래서 나는 링크에 직접 물을 뿌리기로 했다.

양철통이 비어 있는데도 수레는 무거웠다. 녹슨 바퀴가 고요하고 드넓은 빙판 위에서 삐걱거렸다. 아버지가 뚫어둔 구멍 옆까지 수레를 끌고 간 것만도 대단한 일이었다. 구멍 옆에는 트레이너의 세 가지 보물, 보온병과 빗자루와 대나무 장대가 놓여 있었다.

구멍에서 하얀 김이 올라왔다. 양동이를 집어넣으니 군데군데 얼어붙고 얇게 퍼진, 살얼음이 낀 거미줄 같은 안개를 뚫고 들어가는 느낌이었다.

일을 편하게 하려고 나는 양동이 손잡이를 장대의 밧줄에 묶었다. 양동이가 바닥에 닿았을 때 무언가에 부딪히는 느낌이 들었다. 그게 무엇인지는 알 수 없었다. 양동이를 다시 끌어올려 물을 양철통에 붓고 같은 동작을 두 번, 세 번 되풀이했다. 이번에는 물밑의 진흙을 제외하면 아무것도 걸리지 않았다.

양철통이 거의 다 차서 물을 그만 길어도 되었지만, 왜 그랬는지 나는 양동이를 네번째로 던져넣었다. 양동이는 흔들리면서 엄청나게 느릿느릿 올라왔다. 익사한 53킬로그램짜리 시체만큼이나 무거웠다. 53킬로그램은 어머니의 몸무게였다.

물론 기분이 그랬다는 거고, 양동이는 조금 전보다 약간 더 무거운 정도였다. 물과 함께 올라온 건 겨우 운동화 한 짝이었으니까. 빨간 나이키 마크가 선명한 흰 바탕에 파란 줄이 있는 운동화였다. 나는 즉시 그것을 알아보았다. 넉 달 전 실종된 어머니의 운동화였다.

나는 그 자리에 주저앉았다. 얼어붙어 말이 나오지 않았고, 폭풍에 휘말린 낙엽처럼 생각이 빙빙 돌았다. 그때 눈송이 하나가 춤을 추면서(초현실적이라 할 만큼 평화롭고 우아한 춤이었다) 운동화 위로 떨어졌다. 공기가 갑자기 솜뭉치라도 된 것처럼 폭신폭신해지며 이 친숙한 형태의 낙하 속도를 늦췄다. 눈송이는 가볍게 떨렸다. 한줄기 빛이 그 결정면을 꿰뚫고 지나갔다. 연약

한 만큼이나 광채는 아름다웠다. 나는 그 광채가 꺼질까 두려워 숨을 죽였다.

그 작고 새하얀 솜털 같은 것이 녹아 아무 흔적도 없이 사라지는 모습을 한참이나 보고 있었다. 녹은 눈은 운동화에 미세한 얼룩조차 남기지 않은 채 방울져 흘러내렸다.

그러다 운동화가 순식간에 살얼음으로 뒤덮였다. 하늘에 소심하게 얼굴을 내밀었던 태양이 금세 사라진 터였다. 균열음이 들리는 것 같아 나는 귀를 기울였다. 엄마가 얼음 밑에서 나온다면 그런 소리가 날 거라는 생각이 아주 잠깐 스쳤다. 한쪽 발에만 신발을 신은 채겠지.

돌연 그 귀중한 유물이 손에서 미끄러져 샹들리에처럼 소리를 내며 땅에 떨어졌다. 나는 우주복을 벗어던지고, 라이크라 레깅스마저 벗었다. 레깅스는 푸른 광채를 발하며 발목으로 미끄러져 내려갔다. 물속으로 뛰어들었을 때, 여전히 하얀 김이 맴돌고 있었다. 한기가 수천 개의 칼날처럼 살갗을 뚫고 들어와 머리에도 상체에도 다리에도 발에도 감각이 없었다. 감각이 있는 부위는 손가락 끝뿐이었고, 차디찬 물속에서 그 손끝이 아주 긴 뼛조각 하나에 닿았다. 나중에 나는 그것이 대퇴골임을 알게 되었다.

IV

엄마의 건강이 나빠지고 있다는 사실을 알게 된 건 얼음 구멍으로 뛰어들기 불과 몇 달 전의 일이었다.

5월의 어느 화요일 밤늦은 시각, 잠자리에 누워 있는데 엄마가 맨발로 불도 켜지 않고 내 방에 들어왔다. 엄마는 소리 없이 침대로 다가오더니 목소리를 낮추고 말했다. 다음날 오후에 내가 학교 수업이 없으니 한시쯤 공장으로 자기를 찾아오라는 것이었다.

"아버지한테는 아무 소리 하지 말고. 이건 우리 둘만의 비밀이야." 문을 닫고 나가기 전에 엄마는 그렇게 부탁했다.

새벽 농장의 저수지에서 몇 킬로미터 떨어진 '오송五松 공장'은

크기가 내가 다니는 중학교의 연단도 계단식 좌석도 없이 담장만 있는 축구장만했다. 20세기 전반에 그 공장은 이름이 같은 마을의 벽돌 공장이었다. 이제 벽돌 가마는 폐쇄되었지만 검댕으로 덮인 30미터짜리 굴뚝이 여전히 우뚝 서 있었으며, 한때 벽돌 건조장으로 쓰이던 창고 위, 사회주의 시절에 세운 구조물의 틈에서는 잡초가 자라고 있었다. 창고는 이제 벽도 없이 지붕과 네 개의 시멘트 기둥만 남은 일종의 오두막 꼴이었다. 점심시간이라 그런지 그곳에는 아무도 없었다. 나는 눈을 돌려 크기도 형태도 다양한 전자제품 폐기물이 쌓여 있는 거대한 통들 사이에서 엄마를 찾았다. 통 대부분을 차지하고 있는 것은 자동차용 배터리였지만 연료전지, 레이던병*, 고정형 배터리 등도 보였다. 이곳은 온통 무채색 세상이었다. 통이든 케이스든 부품이든 하나같이 금속이나 플라스틱 제품이다보니 보이는 것이라곤 온통 우중충한 회색빛뿐이었다. 굳이 말할 필요도 없이 그것은 오송 공장에서 재활용하는 유일한 물질인 납의 빛깔이었다.

여기에는, 아니, 다시 말해야겠다. 여기 창고 한가운데에 세워놓은 버스만한 통 안에는 세상에서 가장 우중충한 꽃이 피어 있

---

* 많은 양의 전기를 모으는 장치인 축전기의 한 종류.

었다. 여기 납 반죽 통과 부식방지 합금으로 된 철망, 축전지 분리판과 양극판과 음극판 사이, 세상에서 가장 생기 없는 나비가 파닥이고 있었다. 어머니였다. 어머니는 내게 말했다. "병원에 가야겠어, 하지만 혼자는 싫어, 무슨 진단을 받을지 무서워."

병원으로 걸어가면서 어머니는 반복되는 망각 증세 때문에 이런 결정을 내렸다고 설명했다. 작업중에는 기계적인 동작을 반복하는지라 증세가 심하지 않지만 동료들의 말에 따르면 귀신 이야기나 사형수 이야기같이 자기가 이미 여러 번 했던 이야기를 잊어버리는 일이 종종 있다는 것이었다.

"마 박사 얘기 같은 거?"

"마 박사? 그게 무슨 얘긴데?"

"기억 안 나? 전에 저녁때 집에서 밥 먹다가 엄마가 그 얘기를 해서 결국 아버지가 화를 냈잖아. 아버지는 그러다 고발당할 거라면서, 엄마가 사형수 장기 밀매 이야기를 아무데서나 하고 다닌다는 걸 수용소 윗사람들이 알게 되면 아버지한테 책임을 물어 해고할 거랬어."

"그런 얘기는 기억 안 나는데."

"명문 의대 출신의 마 박사가 국가의 임명을 받아 수용소 진료소에 배속되었는데, 사실은 환자를 치료하러 온 게 아니라는 얘기 말이야. 간수나 죄수는 물론이고 심지어 수용소 소장도 치료 대상이 아니었던 거야. 그 사람의 특기는. 그건 국가 기밀인데, 형이 집행된 이후 사형수의 장기를 적출하는 것이었어. 마 박사는 중국에서 가장 손이 빠른 외과의로 유명했대. 자기 분야에서는 그야말로 달인의 경지에 오른 사람이었던 거지. 마 박사는 몇 년 동안 혼자서 비밀리에 한 치의 오차도 없이 임무를 완수했어. 그가 적출한 장기는 즉시 얼음에 담겨 헬리콥터로 장기이식 대기자들이 기다리고 있는 병원으로 옮겨졌고. 마 박사는 아무 감정 없이 신속하게 일을 처리한 거야. 마 박사에게 인간의 몸은 전혀 신비로운 게 아니었어. 그러던 어느 날…… 처음엔 모든 게 예정대로 진행되고 있었어. 처형 한 시간 전에 죄수는 근사한 식사를 대접받는 대가로 장기기증에 서명했지. 죄수는 총살되었고, 검시관이 사망 사실을 확인했어. 마 박사의 조수 세 명이 시체를 20미터 떨어진 곳에 주차해둔 앰뷸런스로 옮겼어. 앰뷸런스 안에도 모든 것이 준비되어 있었고. 시신을 최신식 독일제 수술대에 눕힌 다음 마 박사는 메스를 쥐고 사형수의 배를 갈랐어. 콩팥의 위치를 확인하고는 메스로 콩팥을 적출해 씻었지. 창자의 일부가 배 밖으로 미끄러져나와서 박사는 가위로 그걸 잘라냈어. 근데 갑자기 남자가 깨어나더니 수술대 위에 일어나 앉는 거야. 남자는 몹시 피곤한 기색이었어. 그는 의사를 쳐다보며 누구인지 확인하려 했어. 하지만 근시라 안경이 없으면 아무것도 보이지 않아서 손을 더듬어 안경을 찾았는데, 그가 찾은 건 자기 창자뿐이었어. 남자는 창자를 다시 자기 뱃속에 넣으려다가 앞으로 쓰러졌어. 구토를 참기라도 하는 양 트림을 하더니 고개를 들어 마 박사를 다시 쳐다보고는 박사의 얼굴에 피를 뿜었지. 분출물은 의사의 코에 맞았고, 크고 굵직한 선홍색 타액이 박사의 얼굴 아래로 흘러내렸어. 박사는 겁에 질려 비명을 질렀지. 그 찢어지는 듯한 비명이 정신착란의 시작이었어. 그날부터 마 박사는 그 피 섞인 타액이 여전히 코에 묻어 있다는 생각에 미친 사람처럼 쉬지 않고 얼굴을 닦는대."

긴 침묵이 흘렀다. 엄마는 그 이야기를 기억해내려 애쓰는 듯했다.

마침내 엄마는 입을 열었다.

"말도 안 돼. 전혀 기억이 안 나."

몇 발짝을 더 걸어가더니 엄마는 다시 말했다.

"그건 아마 오래전 이야기일 거야. 올해부터 정부에서 사형집행 방식을 바꿨거든. 이제는 사형을 집행할 때 총기를 사용하지 않고 독극물을 주입해. 그에 관해서 아주 웃기는 얘기를 들었는데, 기억이 안 나네."

"마 박사와 함께 일하다가 반체제 활동과 간첩 혐의로 사형판결을 받은 사람 얘기 아니야?"

"몰라. 한번 말해봐."

"그 사형수는 수갑과 족쇄를 찬 채로 앰뷸런스 안 들것에 눕혀졌어. 근데 팔에 주삿바늘이 꽂힌 순간 신비한 계시를 받은 거야. 천국의 문 앞에서 엄청나게 아름다운 천사들이 문턱을 쓸고, 신도 친히 나와서 그를 기다리고 있었어. 팔에 꽂힌 바늘은 긴 반투명 튜브로 새 서양제 기구에 연결되어 있었어. 그 기구는 앰뷸런스 밖에 설치되어 있었는데, 단기 집중교육을 마친 저격수 출신 의사가 조작하고 있었지. 의사는 제조사에서 기구와 함께 제공한 흰 장갑을 끼고 펌프를 작동시켜 황소를 열 마리쯤 죽일 수 있을 만큼 약물을 투여했어. 사형수의 혈관에 꽂힌 바늘이 떨리는 그 잔인한 장면은 감시카메라에 찍히고 있었지. 사형수는 이승을 떠나는 것에 만족하여 환히 웃으면서 눈을 감았어. 주입된 약물은 심장박동을 십 초 안에 정지시키게 되어 있었어. 다들 기다렸지. 십오 초, 그리고 이십 초, 삼십 초, 육십 초…… 오 분 뒤에 검시관이 사망을 확인하려고 앰뷸런스로 들어왔어. 검시관은 규정대로 남자의 볼을 꼬집으면서 질문을 했어. 사실 아무 대답도 기대하지 않는, 순 형식적인 질문이었지만.

'이름이 뭐죠?'

그러자 사형수가 눈을 번쩍 뜨면서 대답했어. '예수요.'"

엄마는 포복절도했다.

"어떻게 된 거야? 왜 안 죽은 거야?"

"엄마 진짜 기억 안 나? 이 얘기 엄마가 해준 건데."

"맙소사, 내가 너한테 그런 얘기를 했단 말이야? 네 아버지 말이 맞아. 네 아버지는 나 때문에 일자리를 잃을지도 몰라."

"그다음은 기억날 거야. 주입한 약물은 위조품이었어. 사람을 죽이지는 못하고 극심한 통증을 가해서 불쌍한 남자는 굉장히 고통스러워했어. 그 상태가 몇 시간 동안이나 계속되었지. 얼마나 끔찍했겠어! 그는 미친 사람처럼 소리를 지르면서 제발 총을 쏴서 죽여달라고 애원했어. 천국의 문 앞에서 비질을 하고 있는 천사들을 어서 만나게 해달라고. 그렇게 울부짖는 사이 신비스러운 환각은 점점 멀어졌고 천국은 결국 사라져버렸어. 마지막 숨을 거둘 때까지 그는 옛 관행을 따라달라 정당하게 요구를 반복했어. 사형을 집행했는데도 사형수가 죽지 않으면 황제가 특별히 사면해주었거든. 하지만 당의 결정은 달랐어. 그래서 새로운 약물을 그의 혈관에 주입했지. 물론 이번에는 위조품이 아니었고."

병원은 무슨 시장 바닥처럼 사람들로 가득했다. 앞으로 나아가려면 환자들과 보호자들을 헤치고 길을 뚫고 지나가야 했다. 진료실마다 만원이었고, 일부 분과에는 환자를 더 못 받는다는 팻말이 내걸렸다. 어디를 가나 대기열이 끝없이 늘어져 있는 게 꼭 용들이 뒤얽힌 모습 같았다. 용의 머리는 접수창구였고, 용의 몸뚱이는 커다란 홀을 구불구불 지나 복도로 이어져 건물 밖 마당이나 길거리까지 나갈 때도 있었다. 우리는 진료카드를 받기 위해 우선 줄을 서야 했고, 과거 진료 기록지를 받기 위해 두번째 줄을 서야 했으며, 번호표를 받기 위해 세번째 줄을 서야 했는데, 이 번호표가 있어야 비로소 복도에 있는 네번째 줄, 가장 길고 가장 느리게 움직이는 줄에 합류할 자격이 생겼다.

　백년쯤 기다린 뒤에야 한 진료실 문 앞에 도달했다. 하지만 진료실에 들어가려면 또 줄을 서야 했다. 그곳은 후덥지근했고, 땀과 병病과 약 냄새가 섞인 냄새가 났으며, 숨이 막힐 정도로 습했다. 10제곱미터짜리 방에 하나같이 창백한 얼굴을 한 환자들이 이미 스무 명은 득실거리고 있었는데, 그중에는 호흡이 곤란해 거의 탈진 상태인 사람도 보였다.

　마침내 엄마의 차례가 되었다. 엄마는 의사 앞에 놓인 의자에 앉았다. 의사는 이름, 나이 및 다른 인적 사항을 물었다. 그러곤 엄마를 쳐다보지도 않은 채 대답을 곧 진료 기록지가 될 새 수첩에 적었다. 마침내 그가 눈을 들고 입을 연 건, 엄마의 입에서 오송 공장이라는 이름이 나왔을 때였다.

"여기 책상 위에 있는 제 아들 사진 보이죠? 이게 컬러예요, 흑백이에요?"

"컬러요."

"좋아요, 다행이네요." 의사가 말했다. "같은 공장에 나가는 분들 중 색맹 증세를 보이는 환자가 많아서요."

진료실이 조용해진 느낌이었다. 다들 이 대화를 한 마디도 놓치지 않으려고 귀를 기울이는 듯했다. 엄마가 건망증이 심하고 시도 때도 없이 짜증이 난다며 증상을 설명하는 동안 의사의 표정이 점점 어두워졌다. 의사가 나를 가리켰다.

"따님인가요?"

"네. 애야, 선생님께 인사드려라."

나는 의사에게 인사를 했다. 그러자 의사가 내게 물었다.

"어머니가 평소 항상 짜증이 난다는 얘기를 할 때 넌 살짝 웃던데. 왜 웃었지?"

"학교 친구가 보여준 동영상 생각이 나서요."

"어떤 건데?"

"그 친구 어머니도 오송 공장에서 일하시거든요. 요전날 그 아줌마가 핸드폰으로 엄마가 작업반장이랑 싸우는 걸 촬영했어요. 오죽했으면 그걸 찍었겠어요."

의사는 몸을 돌려 엄마를 보았다.

"그 일 기억나세요?"

"아니요."

"왜 기억이 안 나? 점심식사 때문이었잖아." 내가 기억을 상기시키려고 애써봤지만 엄마는 반응이 없었다. "엄마가 일하는 공장에는 구내식당이 없어요." 나는 의사에게 설명했다. "그래서 점심 때 반장이 도시락에 밥을 담아 한 명씩 나눠주거든요. 그런데 그날 엄마가 보니까 엄마 도시락에만 달걀이 없더래요. 그래서 달걀을 달라고 했더니 반장이 욕을 했고, 그렇게 싸움이 터진 거죠."

"전혀 모르겠는데." 엄마는 답답해했다.

진료실 여기저기서 웃음소리와 동정어린 속삭임이 들려왔다.

의사는 주머니를 뒤지더니 열쇠 꾸러미, 펜, 신분증, 담뱃대를 꺼내 책상 위에 늘어놓았다.

"이 물건들을 잘 보시고요." 그가 엄마에게 말했다. "전부 기억하려고 해보세요. 됐죠? 치웁니다."

"예."

그는 물건들을 챙겨 주머니에 도로 넣었다.

"조금 전에 책상 위에 무슨 물건이 있었는지 말해보세요."

엄마는 정신을 집중하려 애를 썼지만 물건의 이름을 하나도 대지 못했다.

이런 결과에 직면하자 엄마는 울기 시작했다. 나도 감정이 북받쳐 문으로 뛰어나가 깜짝 놀란 환자들을 헤치고 달려 화장실에 틀어박혔다. 눈물이 차오르고 울음이 파도처럼 밀려와 헤어날 수가 없었다.

나중에 정신을 차리고 나가보니 엄마는 병원의 넓은 대기실 안, '공영 의료보험도 없고 개인보험도 없는' 환자 전용 수납 창구 앞에 줄을 서 있었다. 의사가 피검사와 뇌 단층촬영을 받으라고 해서 먼저 검사비부터 수납하기 위해서였다.

"하여튼," 엄마가 말했다. "피검사만 받을 거야."

"다른 검사는?"

"너 미쳤구나. 단층촬영이 얼마나 하는 줄 알아? 3천 위안이야! 네 아버지 월급하고 내 월급을 합친 것보다 많다고. 그 돈을 내고 치료를 받느니 죽는 게 낫지."

다음날 아침 일찍 학교에 가던 길에 나는 섬에서 유일하게 문을 연 가게 앞에서 걸음을 멈췄다. 약방이었다. 다른 상점들의 철제 셔터는 아직 내려져 있었다. 문턱을 넘어 들어가니 은은한 햇살과 조제실 특유의 냄새 속에서 한 육십대 노인이 사기 램프 옆에 앉아 말린 풀과 나무껍질을 빻고 있었다.

"기억력 감퇴에 좋은 약이 뭔지 아세요?" 나는 물었다.

내 말을 듣기나 했는지 알 수가 없었다. 노인은 영화의 슬로모션 장면처럼 느릿느릿 알코올 병을 잡아 절구에 몇 방울 따르고는 나무뿌리처럼 가늘고 긴 뼈만 남은 집게손가락 끝으로 그것을 섞다가 다시 공이질을 시작했다.

"어머니가 납중독이에요." 나는 중얼거렸다. "얼마 전 피검사를 받았는데 확실하대요."

그는 붓을 하나 집어들고 먹을 준비한 뒤 눈을 들어 나를 뚫어져라 쳐다보았다. 마치 내 안의 무언가에 충격을 받기라도 한 듯, 눈빛이 흔들리는 것 같았다.

뭘 보고 있는 거지? 나는 궁금했다. 내 운명? 내가 방금 말한 엄마의 운명?

그는 종이에 단어 하나를 적어 내게 건넨 뒤 다시 일에 몰두했다. 그 단어는 '홍교두초'였다.

일주일 뒤, 나는 집 앞 화단에서 무슨 보물이라도 되는 양 홍교두초 새싹 하나하나에 물을 주고 있었다. 새싹은 보랏빛에 약간 불룩 튀어나온 모양이었고, 벨벳처럼 부드러웠다. 하루의 마지막 햇살이 새싹에 섬세하고 화려하면서도 거의 무형의 옷을 입혀주었다. 안타깝게도 새싹은 내가 바라던 만큼 많지 않았다. 생물 선생님에게 씨를 받아와 시킨 대로 파종을 했지만 대부분은 싹을 틔우지 못한 터였다.

아버지는 삼십 분 전부터 불안한 기색으로 계속 집 앞을 서성이고 있었다. 보가트처럼 담배를 피우며 끊임없이 손목시계를 들여다보면서, 엄마가 매일 여섯시경 퇴근해서 집으로 돌아오는 길을 주의깊게 살폈다.

시계가 여덟시를 알렸을 때도 엄마의 모습이 보이지 않자 아버지는 초조감과 불안감을 감추지 못했다. 우리는 엄마 없이 그럭저럭 저녁식사를 시작했다. 하지만 삼 분 뒤 아버지가 젓가락을 내려놓더니 다른 저수지 관리인 집에 가서 물어보겠다며 자전거를 끌고 나갔다. 그 관리인의 부인도 오송 공장에서 일하고 있었다. 아버지가 돌아왔을 때 나는 다시 희망을 가졌다. 아직 날이 완전히 어둡지는 않았으니까. 북쪽에서 강한 바람이 불어와 아버지의 우비 자락은 뒤가 아니라 앞으로 펄럭였고, 그 검은 인영이 기묘하면서도 감동적인 느낌이었다.

"그 여자 말로는 네 엄마가 다섯시 삼십분쯤 공장을 나섰다더라."

그때가 여덟시 삼십분이었으니, 자전거로 십 분, 걸어서 삼십 분이면 오는 거리를 세 시간이 지났는데도 못 오고 있는 것이었다.

나는 2층으로 올라가 내 방에 들어가는 척하고는 즉시 고양이처럼 소리 없이 다시 나왔다. 그러곤 살금살금 부모님 방으로 가서 집에 한 대밖에 없는 전화기를 집어들었다. 나는 할머니의 전화번호를 눌렀다. 할머니는 섬에서 20킬로미터 떨어진 충밍이라는 소도시에 살고 있었다. 할머니는 아버지를 노골적으로 경멸했기에 엄마는 가끔 우리에게 알리지 않고 할머니를 찾아가곤 했다.

"엄마 거기 있어요?" 나는 물었다.

"아니. 못 본 지 몇 달 됐는데."

"엄마한테 문제가 생겼어요."

갑자기 나는 무슨 말을 해야 할지 알 수가 없었다.

"무슨 일인데?"

"엄마가 납중독이에요. 일하다 그렇게 된 거예요. 피검사 결과가 끔찍해요."

"너 지금 어디니? 집이야? 전부 얘기해봐."

"최근 들어 엄마가 좀 이상했어요. 별로 정상이 아니었어요. 무슨 일이나 말을 해놓고 금방 잊어버리기 일쑤였어요. 의사 말로는 납 때문에 뇌가 상해서 모든 게 따로따로래요. 그래서 서로 연결이 안 되고 순식간에 잊는 거라고."

"어떤 의사가 그러던?"

"섬 병원에 있는 의사요."

나는 진단 결과에 대해 설명한 뒤 엄마가 단층촬영을 하지 않으려 한다고 말했다.

"그게 뭔데?"

"뇌 안쪽을 사진으로 찍는 거예요."

"그럼 해야지."

"엄마도 알아요. 근데 3천 위안이나 해요. 너무 비싸잖아요. 아버지가 들을지도 모르니 그만 끊어야겠어요. 아버지는 아직 아무것도 몰라요."

열시쯤 우리의 자전거는 결연한 의지로 칠흑 같은 어둠을 헤치며 달리고 있었다. 핸들에 달린 벨이 딸랑거리고 앞뒤 포크에서는 삐걱이는 소리가 울렸다. 보가트는 낡은 우비를 입고서 맹렬히 페달을 밟았다. 나는 뒤쪽 짐받이에 타고 있었는데 길이 조금만 울퉁불퉁해도 좌석에서 우지끈 소리가 났다. 자전거가 우리를 길 한복판에 내팽개치지 않고 계속 버티면서 달리는 것 자체가 기적이었다.

엄마는 주로 지름길로 다녔다. 버려진 채석장을 통과하는 폭 4미터의 넓은 흙길이었는데, 이 채석장은 이제 전자제품 폐기물 하치장으로 변해 못 쓰는 컴퓨터가 산처럼 쌓여 있기도 하고, 거대한 구덩이에 구식 텔레비전이나 망가진 안테나, 다른 고물 제품들이 꽉 차 있을 때도 있었다. 그러다보니 어둠 속에서 괴물이 튀어나와 사람을 덮치기에 딱 좋은, 〈2043년, 세계의 종말〉 따위의 할리우드 SF영화 촬영지를 돌아다니는 기분이었다. 엄마의 머릿속에 이곳의 지도가 새겨져 있기라도 한 것인지, 요즘 같은 상태에서도 길을 잃지 않고 매일같이 집에 돌아온 게 신기할 지경이었다.

갈림길이 계속 나와 우리는 속도를 늦추고 눈을 돌려 주변을 수색하면서 큰 소리로 엄마를 불러보았지만 고함소리는 메아리쳐 울리다가 곧 어둠 속으로 흩어지고 말았다. 엄마가 부주의나 건망증으로 인해 길을 잘못 들었을 만한 갈림길이 나오면 우리는 그 길로 가보았다.

긴 내리막이 시작되면서 길은 점점 나빠졌지만 보가트는 속도를 늦추려 하지 않았다. 길에는 수천 개의 자갈이 깔려 있어 그는 안장 위에서, 나는 짐받이에서 심하게 흔들렸다. 요리조리 자갈을 피하려고 애를 썼지만 소용이 없었다. 자갈은 점점 많아졌고 크기도 커졌다. 자전거가 바위에 부딪힌 것인지, 아니면 구멍에 빠진 것인지 알아챌 틈도 없이, 돌연 나는 허공으로 튕겨져나갔다.

"뭔가 구르는 소리가 들리긴 했어." 나중에 아버지는 사과했다. "하지만 큰 돌이 굴러서 텔레비전 더미가 무너져내렸나보다 했지."

나는 커다란 구덩이 안에 있는 전자제품 폐기물 속에 파묻힌 채로 자전거가 삐걱이는 소리를 들었다. 보가트는 10여 미터를 더 간 뒤에야 나의 절박한 비명소리를 듣고 자전거를 세웠다. 구덩이가 워낙 깊어 보가트는 나를 그 지옥 같은 구멍에서 빼내기 위해 나무를 찾아 밧줄을 묶어야 했다.

"날 원망하지는 않지?" 그가 물었다. "방법을 생각하느라 너무 몰두해 있었어."

"무슨 방법?"

"3천 위안을 구할 방법. 할머니랑 통화하는 소리 들었어."

먼지투성이에 녹초가 되어 의욕도 상실하고 정신도 멍한 상태로 자정 무렵 집으로 돌아오는데, 깜빡이는 조명을 역광으로 받은 엄마의 모습이 창가에 보여 우리는 안도의 한숨을 내쉬었다.

"나만 두고 둘이 어디를 돌아다니다 온 거야?" 엄마는 눈물을 글썽이며 항의했다. 목덜미에 있는 보일락 말락 한 물혹에 경련이 일었고 음성은 살짝 떨렸다. "완전히 버림받은 기분이었어! 보가트, 대체 내가 무슨 잘못을 했다고 나한테 이러는 거야?"

며칠 뒤 엄마는 병원 단층촬영실의 조절식 침대에 누운 채 정육면체 모양의 기계로 들어갔다. 엄마 말로 그 기계 안은—기적적으로 엄마는 검사를 받는 동안 벌어진 일을 그대로 기억하고 있었다—끔찍하고 싸늘하며 생명이 없는 곳이라고 했다. 네온관의 음울한 조명이 희미하게 새어나오는 진정한 무덤. 엄마는 철제 관에 들어간 기분이었다. 누군가 마이크에 대고 말하는 소리가 들렸지만 아무도 보이지 않았다. 손목 혈관에 주사한 약물이 작용하기 시작했다. 격렬한 열기가 불현듯 온몸에 밀려왔다. 타는 듯한 느낌이 아랫배를 훑고 항문까지 내려갔다. 눈을 돌리자 기계의 구멍을 통해 뿌옇게 김이 서린 사무실 창유리 너머 엑스선 사진들과 의사의 가운이 보였다.

기계에 문제가 생겼다. 빨간불이 깜박거렸다. 기술자 한 명이 연장을 들고 와 몇 군데를 손보았다.

엄마는 장의사 직원이 관뚜껑을 닫고 나사로 조이는 듯한 느낌을 받았다. 불편했고 숨이 막혔다. 소리를 지르려 했지만 입 밖으로 아무 소리도 나오지 않았다. 결국 엄마는 약물 주입기를 떼어내고 반창고와 호스와 주사액이 담긴 팩을 던져버린 뒤 미친 사람처럼 울부짖으면서 도망쳤다.

"정신을 차리고 보니까." 그날 저녁식사 후 보가트는 소총을 소제하고 나는 숙제를 하고 있는데 엄마가 말했다. "내가 어느새 건물 밖 마당에 나와 나무에 몸을 기대고서 헉헉거리며 숨을 몰아쉬고 있더라고. 거의 알몸이나 다름없는 상태로 말이야. 브래지어와 팬티만 입고 있었다니까."

아버지는 분노가 폭발해서 소리를 지르기 시작했다.

"미안해, 보가트. 3천 위안을 구하느라 얼마나 힘들었을지 알아. 근데……"

엄마가 말을 끝맺기도 전에 아버지는 전광석화와도 같은 강편치를 날렸다. 엄마는 바닥에 쓰러져 반사적으로 얼굴을 팔로 감쌌다. 아버지는 총을 잡아 치켜들었다. 개머리판으로 엄마의 머리를 내려치려는 찰나, 그가 혼신의 힘으로 스스로 동작을 멈춰 다행히 엄마의 두개골은 묵사발이 되지 않을 수 있었다. 죽음과도 같은 침묵이 감도는 가운데 그가 짐승처럼 이를 가는 소리가 들렸다.

"검사 때문에 브래지어하고 팬티라도 입고 있었던 게 다행인 줄 알아. 알몸으로 뛰어나갔으면 너한테 총알을 박아줬을 거야."

보가트는 납중독의 진행을 막기 위해 엄마가 오송 공장에 더 나가지 못하게 했다. 일종의 임시 자체 면직이었다.

그러나 엄마에겐 너무나 부당했을 이 감금 생활에도 우리는 완전히 안심할 수 없었다. 엄마는 천성적으로 반항적이었으며 특별한 이유 없이도 난리를 피울 수 있는 사람이라 우리는 줄곧 엄마를 감시해야 했다. 엄마가 잠깐만 안 보여도 우리는 불안에 빠져 즉시 엄마를 찾아 나섰다.

그렇게 엄마는 한동안 전업주부로 지냈다. 주부 생활은 완전히 실패였다. 예를 들어 감자 껍질을 벗긴다고 해보자. 전에 엄마는 이 일을 제법 즐겁게 했다. 감자 껍질을 다 벗기면 희고 보드라운 속살 냄새를 맡은 다음 큼직하게 썰어 생으로 맛을 보곤 했다. 이제는 전혀 관심이 없었다. 엄마는 부엌 출입을 그만두고 방에 틀어박혀 분홍색 플라스틱 안락의자에 앉아 무릎을 세우고 팔은 팔걸이에 얹은 채 손깍지를 끼고서 꼼짝하지 않았다.

엄마는 빨래도 할 생각이 없었다. 엄마가 전처럼 저수지의 물가에서 일요일 아침마다 대야에 가루 세제를 부어 따뜻한 물과 섞은 다음, 타일 위에 쌓아둔 빨랫감에 분홍색 플라스틱 바가지로 물을 부으면서 비누 거품을 피워내는 모습을 나는 다시는 보지 못했다.

엄마가 처음으로 진찰을 받기 두 달 전 어느 초봄의 일요일, 나는 책상으로 쓰던 궤짝 앞에 앉아 식당에서 숙제를 하고 있었다. 벽과 벽 사이에 줄을 매달고 거기 팬티, 티셔츠, 셔츠, 양말, 수건 등의 빨래를 널어둔 터라 식당은 어두침침했다. 집밖에서는 물가의 긴 빨랫줄 위에 널린 이불이 아침 바람을 받아 펄럭대는 소리가 들려왔다. 엄마는 뒷마당에서 청소를 하고 있었다. 뒷마당은 엄마의 결벽증과 정리벽으로도 어찌할 수 없는 유일한 곳이었다. 그곳에는 돌화덕이 두 개 있어 여름에는 거기서 요리를 했다. 그리고 흙투성이가 된 깨진 접시, 낡은 농기구, 깨진 기와, 시멘트, 썩은 나무, 녹이 슨 다양한 철제품 따위가 바닥에 널려 있었다. 낮 열두시쯤 2층에 올라갔더니 엄마가 보였다. 엄마는 복도에 쭈그리고 앉아 양동이에 온수와 세제를 받아놓고 명예가 걸린 문제라도 되는 양 낡은 리놀륨 바닥을 반짝반짝 빛이 날 때까지 닦고 있었다. 나도 솔을 하나 집어들고 엄마 옆에 무릎을 꿇고 앉아 광을 내기 시작했다.

보가트는 옆에서 망치질을 하고 있었다. 닳고 갈라진 리놀륨 바닥에서 튀어나온 철근을 두드려 평평하게 만드는 중이었다. 그러다 문득 그가 엄마에게 말했다.

"앞으로는 자정 이후에 빨래하지 마. 수용소 순찰대가 보면 미친 여자인 줄 알 거야."

"그게 무슨 소리야?" 엄마가 흙빛이 된 얼굴로 되물었다.

"간밤에 봤어."

"뭘 봤다는 거야?"

"자다가 깼는데 당신이 옆에 없어서 처음에는 화장실에 간 줄 알았어. 그래서 다시 잠들었지. 근데 좀 있다 다시 깼는데도 여전히 옆에 없길래 일어나봤지. 화장실에는 아무도 없더라고. 아래층으로 내려갔더니 부엌에 불이 켜져 있는 거야. 근데 거기도 아무도 없었어. 그때 열린 문틈으로 당신이 보였어. 귀신처럼 물가의 돌 위에 앉아서 이불을 빨고 있던데."

"말도 안 돼. 빨래는 저녁 먹기 전에 했어. 자정이 아니라 다섯 시쯤 했다고."

그 말을 하면서 코웃음을 치던 엄마의 모습이 지금도 생생하다. 아버지를 바라보는 엄마의 표정에는 짜증이 묻어 있었다. 몸이 살짝 떨리고 목덜미의 물혹은 점점 커져 부풀어오르더니 다시 말을 하는 순간 경련이 일었다.

"헛소리 좀 그만해. 그야말로 말도 안 되는 헛소리라고! 내가 빨래하는 걸 꿈에서 본 거 아니야?"

보가트는 나를 돌아보더니 내 어깨를 잡았다.

"네가 얘기 좀 해봐." 그는 내 몸을 마구 흔들면서 소리를 질렀다. "엄마한테 사실을 말해. 어제저녁에 정말 저놈의 빨래가 널려 있었는지 얘기하라고."

나는 굳게 버텼다. 아버지에게 힘을 실어줄 만한 말은 한 마디도 하지 않았다. 하지만 나도 아버지가 옳은 걸 알고 있었고, 엄마의 태도가 놀라웠다. 엄마는 왜 사실을 부인하는 걸까?

엄마가 '조기 퇴직'을 하고 몇 주 뒤, 보가트는 벽돌공이자 건축가가 되어 집 뒤쪽에 헛간을 하나 짓고 그곳의 새 입주자들을 위해 거름 구덩이를 팠다. 새 입주자란 보름 전 수용소 돼지우리에서 태어난 새끼 돼지 두 마리였다. 이 작은 생명체들을 보자 엄마는 약간 생기를 되찾았고, 보가트는 엄마를 저수지의 돼지치기로 지명했다. 엄마는 아침 일찍부터 커다란 놋쇠 솥에 채소를 삶고 잘게 썰어 새끼 돼지들의 하루치 먹이를 준비했다. 그다음에는 저수지에서 물을 길어와 돼지우리의 바닥을 1센티미터도 빼놓지 않고 꼼꼼히 청소했다. 엄마는 돼지들에게 '벼슬아치'와 '시골 아낙'이라 이름을 지어주었고, 밖으로 끌고 나와 저수지의 물로 목욕을 시켰다. 가뭄 때문에 저수지의 수위가 많이 낮아지긴 했지만 그래도 상당히 깊었다. 엄마는 돼지들에게 물을 끼얹은 다음 가죽이 검은 비단처럼 반짝거릴 때까지 빗질을 했다. 하지만 어느 날 엄마는 물에 비친 자기 모습을 멍하니 바라보느라 벼슬아치와 시골 아낙이 짧은 다리로 물속으로 들어가는 것을 보지 못했다. 엄마는 돼지들이 주둥이를 쭉 빼고 껄떡대는 소리도, 발버둥을 치는 소리도, 저수지 바닥의 진흙에 빠져 허우적대다 근육이 이완되어 쾌감 섞인 최후의 비명을 내지르는 소리도 듣지 못했다.

엄마가 가장 성공을 거둔 분야는 식물이었다. 원래 있던 화단의 꽃과 반듯하게 가지를 친 초목을 가꾸는 일 외에도 이제 막 자라기 시작한 홍교두초와 특히 약방에서 기억력 강화에 좋다고 권해준 미질향 기르기에 열을 올렸다.[*]

엄마는 집 전면 벽 앞에 작은 약초밭을 만들어 그곳에 미질향

---

[*] 앞에서 약방의 추천을 받아 심은 약초는 홍교두초인데 이 대목에는 미질향이라고 나온다.

을 가득 심었다.

"천지신명께 비나이다. 이 풀들이 잡초처럼 자라게 해주옵고, 벽을 타고 올라 집의 전면을 뒤덮고 저의 창문 밑에 피어나게 해주옵고, 제 방에 향기를 풍겨 제 기억력이 되살아나게 해주옵소서."

하루는 약초밭에 물을 주다가 나에게 이렇게 말하기도 했다.

"내가 죽거든 손에 미질향 가지를 쥐여줘."

불행히도 귀도를 덮친 혹서와 가뭄은 계속되었다. 언덕에서는 야생 배나무가 시들어갔고, 수놓은 양탄자 같던 엄마의 화단은 완전히 말라붙었다. 저수지 주변에 돋아난 쐐기풀도 죽어서 마른 이파리들이 부석거리며 바람에 날렸다. 이어 홍교두초와 미질향이 차례로 말라 죽어버렸다. 어느 날 아침 나는 커다란 뱀이 약초밭으로 기어올라 마른 잎 사이에 똬리를 틀고는 제 타액과 위액으로 약초를 뒤덮는 모습을 보았다.

한번은 한밤중에, 아니 어쩌면 꼭두새벽이었는지도 모른다, 나는 잠시 잠에서 깨었다가 곧 다시 잠을 청했다. 적어도 내 몸은 곧 잠이 들었지만 정신은 깨어 있었던 것 같은데, 사람 목소리가 들려왔기 때문이다. 처음에는 고운 모래가 벽을 타고 떨어지는 듯한 마찰음이 들려 부모님이 텔레비전 끄는 것을 잊었나보다 생각했다.

　너무 피곤해서 눈을 뜰 수가 없었다. 그런데 목소리들이 갑자기 더 또렷하게 들렸다. 1층에서 십여 명의 남자들이 낮은 목소리로 동시에 말하고 있었다. 현관문 소리도 들렸다. 누군가 어머니가 저지른 잘못을 가지고 아버지를 몰아세웠다. 그 남자가 뭐라고 말을 했는데, 단어의 뜻은 알 수 없었지만 그 선정적인 울림과 은밀함이 공격적인 어조만큼이나 나를 겁에 질리게 했다.

　곧 어머니가 맨발로 계단을 뛰어올라 방으로 사라지는 소리가 들렸다. 문이 닫혔다. 나는 다시 잠이 들었다.

　다음날 아침 등굣길에 전날 밤 들은 목소리들이 떠올랐다. 당시에 이해하지 못한 단어를 기억해내려 애썼지만 생각이 나지 않았다.

　학교에 들어선 순간 나는 평생 처음으로 온 세상이, 나와 아는 사이든 모르는 사이든 우리 학교 아이들이 복도나 계단에서 지나칠 때마다 나를 곁눈질하는 듯한 인상을 받았다. 자기들끼리 내 얘기를 하는 것 같았다.

　수학 시간에 반 친구들 사이에서 종이쪽지가 돌았다. 아이들의 표정을 보아하니 종이에는 굉장히 웃기는 말이 적혀 있는 듯했다. 아이들이 나만 따돌리는 것이 화가 나 나는 쪽지를 중간에

낚아채려 했다. 공교롭게도 쪽지는 내 머리 위를 지나 선생님의 발치에 떨어졌다.

선생님은 이 불량한 짓이 내 소행이라고 생각하고는 화를 내더니 벌로 칠판을 지우게 했다.

칠판지우개에서 날린 분필 가루에 시야가 흐려졌다.

내가 칠판을 닦는 동안 선생님은 허리를 숙여 종이쪽지를 주웠다. 선생님이 종이를 펼치자 반 전체가 폭소와 환호를 터뜨렸다. 심지어 휘파람을 부는 녀석도 있었다. 나는 동작을 멈추고 선생님 어깨 너머로 종이를 엿보았다. 종이에는 단순한 그림만 있었다. 달빛 아래 저수지와 우리집이 있고 목덜미에 거대한 혹이 달린 여자가 홀딱 벗고 서 있는 그림을 본 순간 피가 거꾸로 솟구치는 듯했고 두 뺨은 수치심에 뻘겋게 달아올랐다. 그 여자가 누구인지는 한눈에 알아볼 수 있었다.

"이게 무슨 그림이야?" 선생님이 물었다.

"저수지 관리인의 부인이에요." 한 남자애가 외쳤다.

모두의 시선이 나를 향하더니 비수처럼 살갗을 뚫고 들어왔다.

다른 애가 덧붙였다.

"밤 열두시에 알몸으로 돌아다니다가 수용소 순찰대에 체포되었대요."

다행히 종이 울렸다. 스스로 무엇을 하고 있는지 깨닫기도 전에 나는 교실을 뛰쳐나와 복도를 달리고 있었다. 체육 수업을 마치고 땀범벅이 된 채 웃통을 벗고 교실로 돌아오던 남학생들이 계단에서 길을 가로막았다. 그들이 짐승떼처럼 나에게 다가왔을 때 내가 가장 먼저 감지한 것은 공포의 냄새였다.

"네 갈보 어미처럼 홀딱 벗어봐."

"빨리 안 벗고 뭐해, 이 걸레야."

그들이 욕설을 퍼부으며 한 아이를 내게 떠밀었는데, 그애가 벽에 부딪혀 상처를 입었다. 그애는 다시 일어나 내게 달려들더니 눈을 부라리고 입을 앙다문 채 내 블라우스를 찢으려 했다. 나는 사력을 다해 몸부림쳤지만 다른 애가 또 덮치는 바람에 그만 균형을 잃었다. 그러자 나머지 아이들이 나를 둘러싸더니 다들 내 몸을 더듬으면서 옷을 벗기려 했다. 나는 비명을 질렀다. 선생님 한 분이 근처를 지나다가 끔찍한 일이 벌어지기 직전에 가까스로 나를 구했다.

나는 정문으로 달려가 학교를 나와 집까지 숨이 턱에 닿도록 달렸다. 갑자기 어젯밤 들었던 말이 떠올랐다. 그것은 '풍기문란'이라는 단어였다. 순찰대원 중 한 남자가 엄마를 풍기문란으로 고발하겠다고 몰아세웠던 것이다.

굳이 말할 필요 없는 일이지만 집에 돌아오니 엄마는 없었다. 그날은 내 학창시절의 마지막날이자, 어머니가 이 세상에서 보낸 마지막날이기도 했다. 경찰이 주변을 샅샅이 수색하고 보가트와 나 또한 뚜렷한 단서도 없이 오랫동안 쉴새없이 찾아다녔지만 다시는 엄마를 찾을 수 없었다.

V

내가 빙판에 뚫려 있던 구멍에 뛰어들었던 그 겨울날로 돌아가보자. 보가트는 수용소 경리과에서 봉급을 받고 집으로 돌아와, 침대에 누워 이불을 잔뜩 뒤집어쓴 채 덜덜 떨고 있는 나를 발견했다. 물에 흠뻑 젖은 스웨터와 레깅스와 양말이 바닥에 널려 있었다.

보가트는 내가 부주의하고 덜렁댄다고 꾸짖으면서도 생강차를 끓여주려고 가스버너를 켰다. 버너에 연결된 가스관에서 쉬익 소리가 나더니, 푸르스름한 불꽃이 내 젖은 옷가지에 서린 얇은 얼음층에 반사광을 드리웠다.

차는 따뜻하고 향긋했으며, 흙내가 풍기는 뒷맛을 남겼다.

"아빠." 나는 말했다. "학교 친구 하나가 새벽 농장에서 먼 시내에 사는데, 내일 생일이라고 자기 집에 오래요."

"그때 가서 열이 있는지 보고 얘기하자."

그는 내 방에서 나갔다. 계단을 내려가 멀어지는 소리가 들렸다. 나는 구멍 속에서 건져올린 두 개의 증거물—나이키 운동화 한 짝과 대퇴골—을 감춰둔 책가방이 잘 있는지 확인하려고 먼지투성이 침대 밑을 더듬었다.

나의 발견을 비밀로 묻어둔 이유는 간단했다. 살인 용의자를 꼼짝 못하게 몰아넣으려는 교활한 의도 때문이었다. 그렇다, 그것이 교활했음을 나는 인정한다.

그가 범죄를 저질렀다고 가정하자 의혹은 엄마가 실종되고 일주일이 지난 어느 8월의 밤으로 거슬러올라갔다.

늦은 시각이었다. 보가트는 내가 방에서 자고 있겠거니 생각하고는 현관문을 열고 집밖으로 나갔다. 나는 커튼 뒤에 숨어 창문으로 그를 엿보았다. 나 없이 무슨 일을 꾸미는 걸까? 나를 깨우고 싶지 않았는지 그는 아주 조용히 트랙터 타이어 튜브 하나를 물에 넣고는 소총을 든 채 튜브 위에 올라 물가에서 멀어졌다.

나는 문득 깨달았다. 그는 엄마가 전에 내게 얘기해주었던 신혼 첫날밤을 다시 체험하려는 것이었다. 그 감상적 행동으로 인해 내 아버지, 보통은 무뚝뚝한 이 남자가 숭고한 사랑에 이끌린 낭만적 영웅으로 보였다.

그의 사랑의 보트인 타이어 튜브 한가운데에서 얼어붙은 소총의 총신과 희미한 담뱃불이 푹 파인 저수지에 비친 뿌연 별빛을 받아 검어지기도 하고 번쩍거리기도 했다.

창문 너머에서 나는 그들의 첫날밤을 떠올렸다. 그날 밤 그는 자신의 낡은 소총을 엄마에게 주고, 총신에 새겨진 일본 왕의 문양인 국화꽃을 손가락 끝으로 쓰다듬게 하여 '그 늙은 괴물을 깨우려' 했다. 한 사람은 튜브를 타고 한 사람은 물에 몸을 담근 채 그들은 저수지를 가로질렀다. 언덕을 올랐다. 신부의 가느다란 손가락이 차가운 공이치기 위에 놓였다(파충류 한 마리가 말라붙은 미질향에 타액과 위액을 발랐다). 총소리가 들렸다. 연기가 피어올랐다. 화약 타는 냄새가 났다. 마지막으로 노란 구리 탄피가 위엄 있게 반짝였다.

하지만 저수지의 한가운데에 이르기 전 그가 튜브를 멈추면서 낭만적 영웅은 다시 평범한 사람으로 전락했고, 그를 둘러싸고 있던 감상적인 기운도 사라졌다. 이 심야의 외출이 신혼 첫날밤과는 아무 상관이 없다는 것을 내가 깨달았기 때문이었다.

그는 군인처럼 저속하고 냉정하게 소총의 무게를 가늠하고,

총을 주의깊게 살피고, 매끈한 표면의 냄새를 맡고, 그 냄새를 한껏 들이마시며 폐를 가득 채우더니, 두 손으로 총을 잡고 모든 걸 날려버릴 것 같은 기세로 우리집을 포함해 심지어 내 침실까지도 사방을 한참이나 겨냥했다.

아마도 그는 방아쇠를 당기고 허공을 찢는 폭발을 상상하면서 머릿속으로 그 소리를 음미했을 것이다.

사실 그는 탄창에 총알을 넣지 않았다. 오히려 탄창을 꼼꼼히 비워냈다. 절망적인 몸짓으로 총알들을 물에 던진 다음에는 온 힘을 다해 총을 허공으로 날려버렸다. 총은 하늘에 검은 궤적을 그리며 한참을 날아가다가 결국 물을 튀기며 물속에 잠겼다. 보가트는 늙은 괴물을 익사시킨 것이다.

왜 그것을 물가에서 옛 부두 쪽으로 던지지 않았을까? 왜 수심이 가장 깊은 곳을 고른 것일까?

그날 이후 나는 혼자 있을 때마다 다양한 가설의 지옥에, 격동하는 의혹에, 의심의 악몽에 빠져들었다. 그러다 결국 그날 밤 그가 범행 도구를 없앤 것이라는 결론에 이르렀다.

VI

학교 친구의 생일 얘기는 저수지에서 도망쳐나와 새벽 농장을 떠나고 귀도에 작별을 고하기 위한 핑계에 불과했다.

정확히는 이별, 영원한 이별의 인사 말이다.

터미널의 전등이 켜지자 나는 얼굴에 눈발을 휘갈기는 칼바람을 헤치며 그쪽으로 달려갔다. 숨을 쉬기가 어려워 말 그대로 질식할 지경이었다.

대기실에 들어가 플라스틱 의자에 등을 기대고 앉은 여행객들 사이에 자리를 잡고 나서도 나는 한참을 헐떡였다.

척추에, 치아에, 손에, 다리에, 그리고 나머지 다른 신체 부위만큼이나 극심하게 떨리는 심장에 저릿저릿한 전율이 파도처럼 끊임없이 밀려왔다.

내 상태가 추위와 무관하다는 것을 아는 사람은 나뿐이었다.

마침내 나는 닭과 돼지와 승객을 실은 노란색 심야 시외버스에 몸을 실었다. 농익은 망고 껍질에 붙어 있는 애벌레들처럼 몇몇 승객은 버스 문에 주렁주렁 매달려 있었다. 톱니 모양으로 성에가 어린 유리창 너머로, 나는 스쳐지나가는 밤풍경을 바라보았다. 산처럼 쌓인 전자제품 폐기물이 눈에 덮여 있었다. 버스 안에서도 내 몸이 움찔거리는 이유가 열악한 도로 사정과는 무관하다는 것을 아는 사람은 역시 나뿐이었다. 그날 오후 경찰서에 소포를 보낸 뒤 나는 아직 충격에서 헤어나지 못하고 있었다. 소포에는 범행 증거물인 운동화와 대퇴골, 그것들을 발견한 장소와 경위, 살인 용의자의 이름 등이 들어 있었다. 물론 그 이름은 보가트였다.

며칠 뒤 쓰촨성의 성도省都 청두에서 나는 첫 일자리를 구했다. 불법 복제 DVD 가게의 판매원이었다. 점심시간에 국숫집에서 식사를 하며 나는 섬을 떠난 이후 처음으로 그를, 내 아버지를 생각했다. 몇 분 뒤 가게로 돌아와보니 벤치에 손님이 두고 간 듯한 신문이 눈에 띄었다. 신문을 옆으로 밀어놓으려다 문득 사회면에 시선이 닿았다. 귀도 새벽 농장 저수지 관리인 아내의 실

종에 관한 비밀이 다섯 달 만에 밝혀졌다는 기사가 있었다. 수사
관들이 얼음 속에서 나온 두 개의 증거품을 입수하고 관리인을
살인자로 지목한 경위와, 경찰의 체포 작전 도중 관리인이 도망
쳐 자기 집 지붕에 숨었다가 발을 헛디뎌 대들보에서 떨어졌다
는 내용이 이어졌다. 그는 몇 시간 뒤 섬의 병원에서 사망했다.

VII

이 년간 성실하고 모범적으로 근무한 뒤 나는 일자리를 잃었다. 그동안 불법 복제된 전 세계의 영화들을 본 덕에 영화에 관한 지식이야 풍부했지만 은행 잔고는 초라하기 짝이 없어 더는 원룸 셋방에 살 수 없었고, 갈 곳이 없다보니 일단은 아버지가 죽은 후 전화로 계속 연락하고 지내던 할머니의 집에 잠시 가 있기로 했다.

할머니네 집이 새벽 농장의 저수지에서 그리 멀지 않았기에 나는 유년기의 추억이 어린 장소를 둘러보기로 마음먹었다.

멀리서 보기에 변한 것은 아무것도 없었다. 길도, 깊은 물의 냄새도, 옹벽의 커다란 돌덩이도 그대로였고, 우리집은 더더욱 변한 게 없었다. 집 앞으로 가봤는데 놀랍게도 문이 잠겨 있지 않았고, 열쇠 꾸러미도 문고리에 걸려 있었다.

나는 안으로 들어갔다. 언뜻 보아하니 1층 식당도 별로 달라진 게 없었다. 나는 천천히 계단을 올라갔다. 부모님 방은 열려 있었다. 나도 모르게 숨을 죽이고 방안을 들여다보았다. 창문 앞 분홍색 플라스틱 안락의자에 한 여자가 앉아 있었다. 내 쪽으로 등을 돌린 채였다.

이런저런 이미지가 연상되며 눈앞을 스쳐지나갔다. 하지만 그 순간에는 그게 무슨 장면인지 기억이 나지 않았다. 기억력하고는! 무슨 영화였더라? 분명 이 유명한 자세를 본 적이 있는데. 노파가 안락의자 팔걸이에 팔을 얹고 등을 돌린 채 앉아 있는 장면인데.

여인의 등과 어깨의 곡선이 친숙했다.

'진정해.' 나는 속으로 중얼거렸다. '또 상상으로 부활시켰잖아!' (아닌 게 아니라, 엄마의 죽음은 여전히 미궁 속에 남아 있었고 시신도 발견되지 않았기에 그동안 엄마는 내 생각 속에서 수백 번 죽고 또 부활했다.)

몇 발짝 앞으로 나아가니 이번에는 여인의 목덜미가 시선을 사로잡았다. 그 목덜미의 물혹, 크기가 참새알만한 작고 매끈한 혹을 보는 순간 눈물이 차올랐다.

여인이 천천히 몸을 돌렸다. 나는 그 얼굴의 특징 하나하나를 알아보았다…… 정확히 같은 순간은 아니지만 거의 동시에, 새로운 정보가 더해진 것도 아닌데 조금 전까지 기억이 나지 않던 영화 속 그 유명한 자세가 생각났다. 그렇지! 앨프리드 히치콕의 〈사이코〉 마지막 장면에서 자기 어머니의 가발을 쓰고 앉아 있던 앤서니 퍼킨스의 자세잖아.

엄마가 돌아온 것이었다.

실종된 날 엄마는 섬 중심가에서 길을 잃었다. 엄마는 자기가 어쩌다 집을 떠나게 되었는지 기억하지 못했고, 어쩌다 다른 성에, 우리 성에서 2천 킬로미터나 떨어진 산둥성에 가게 되었는지는 더더욱 알지 못했다. 그 새로운 땅은 그녀를 따뜻하게 맞아주었다. 거기서 엄마는 한 남자와 결혼하여 아이를, 딸을 하나 낳았다.

그 아이를 낳던 날, 아기의 탄생이 공명이라도 일으킨 것인지 엄마는 다른 곳에 딸이 하나 더 있다는 사실을 기억해냈다. 그리고 하루는 솔밭 앞을 지나다가 예전에 다니던 공장 이름이 떠올랐다. 공장은 저수지에서 5킬로미터 떨어진 곳, 자전거로는 십

분, 도보로는 삼십 분 거리에 있었다. 그리고 한 달간의 노력 끝에 그녀는 보가트라는 이름을 기억해냈다.

엄마가 신고 있던 낡고 꾀죄죄한 흰 운동화는 진흙투성이가 되어 나이키 마크도 잘 안 보일 정도였다. 이 운동화는 2천 킬로미터에 이르는 긴 여정을 증언하는 동시에, 빙판 아래에서 발견되었고 지금은 경찰서 지하실에 보관되어 앞으로 천천히 썩어갈 다른 운동화 한 짝에서 촉발된 수사 노선이 잘못된 것이었음을 증언하고 있었다.

TROIS VIES

산을 뚫는 갑옷

CHINOISES

I

그랬다. 그날 밤 그 노포老鋪에서 망치의 나무 자루는 모루, 방울집게, 커다란 검은색 풀무만큼이나 근사하게 윤이 나고 있었다. 이미 시간은 늦어 밤 열시가 다 되었고, 철제 셔터는 내려져 있었다. 자동차 경적소리나 개 짖는 소리 등 바깥의 소음이 조금도 새어들어오지 않았다. 위로 들어올려진 망치가 모루 위를 때리자 대번에 불꽃이 튀어 마치 대장간 전체가 환해지는 듯했다. 윤곽선이 분명한 판화처럼 어둠 속에서 한 여인의 모습이 또렷이 드러났다. 목덜미께에 큼직하게 쪽찐 머리를 하고 해진 멜빵바지를 입은 키 작은 여인이었다. 팔로 모루 위에 망치를 내리칠 때는 기껏해야 서른 살이나 되었을까 싶을 정도로 젊어 보였지만 석탄이 잉걸불로 변하기를 기다리는 동안 한숨을 내쉬며 불을 응시할 때는 오십대 같아 보였다. 아이 하나가 손으로 화덕에 풀무질을 하고 있었다. 사실 열여섯 살은 되었으니 아이라 하기엔 많은 나이였다. 소년은 여인의 차남으로 아직 수염 자국도 없는 뺨에 순수함을 간직하고 있었다. 눈에 잘 띄지 않고 조용한 이 소년의 존재가 풍경을 완성시켜주었다. 자세히 보면 망치가 한 번 내리쳐질 때마다 소년이 움찔하는 것을 알 수 있었다. 소년은 검은 풀무 안으로 들어갈 기세로 몸을 웅크린 채 쭈그리고 앉았다.

모루 위에서 망치질로 만들어지는 작고 빨간 원형의 물체들은 연기에 부드럽게 싸여 있었다. 흡사 불에 달궈져 물렁물렁해진 유리 팔찌 같았다. 그 하나하나가 점성을 지닌 한밤의 태양을 닮아 있었다.

"하나, 둘, 셋……"

여인이 물체를 하나씩 세었다.

"그 정도면 될 거야." 차남이 중얼거렸다.

"네가 뭘 안다고 그래?" 어머니가 대꾸했다.

소년은 다시 몸을 둥글게 말아 팔로 무릎을 감싸고 앉았다. 그러곤 제 어머니가 망치를 내려놓더니 펜치와 커다란 드라이버를 집어들고 창문 쪽으로 가는 모습을 바라보았다. 끵음을 울리며 철제 셔터가 들어올려지고, 곧이어 어머니가 창문을 보호하던 두 개의 가로봉 중 하나를 주저 없이 뜯어내는 소리가 들렸다.

봉이 하얗게 되자 여인은 커다란 부집게로 봉을 덥석 집어들어 모루 위에 올린 뒤 망치를 두들겨 일정한 크기의 여러 조각으로 쪼갰다. 다시 한번 불꽃이 튀었다. 다시 한번 작은 한밤의 태양들이 빛을 발했다. 다시 한번 여인은 숫자를 세었다. 모두 해서 스무 개였다.

망치로 계속 두드리자 붉은 원반들은 물러지고 늘어나고 휘어지더니 가락지 모양으로 변했고, 결국 1미터짜리 사슬이 되었다.

여인은 사슬을 물에 담그기 전에 고리와 접합 부위를 하나하나 점검했다. 여인이 자기 손으로 만든 첫 사슬이었다. 그녀가 작고한 남편—남편이 죽었을 때 차남은 여섯 살이었다—이 하던 일에 더는 손을 대지 않은 지 오래였으니, 집안 대대로 이어져오던 이 대장간 일은 사실상 명맥이 끊긴 상태였다. 그들이 살고 있는 귀도가 전자제품 폐기물 재활용장으로 변해버린 이후 상황은 급속히 악화되었다. 섬에서 쌀농사가 불가능해지고 채소라 할 만한 것은 전혀 자라지 않게 되자 그녀는 곡괭이도, 쇠스랑도, 삽도, 쇠갈퀴의 갈고리도, 쟁기 보습도, 그 어떤 농기구도 팔 수 없었다.

(덧붙이자면 여인은 완벽한 물건만을 만든다는 신조 때문에 작업 속도가 느리기로 유명했다. 쟁기 보습 하나를 만드는 데 이틀이 걸렸는데, 과연 그렇게 만든 보습은 대단하여―차남은 아직도 그 보습을 기억하고 있었다―칼처럼 날이 서 있고 예리하며 매끈했다. 그 위에 손을 얹으면 혈통을 증명하는 낙인이 찍힌 순종말의 옆구리를 만지는 것 같았다. 물론 그 자리에는 낙인 대신 왕씨 대장간의 인장이 찍혀 있었다.)

하지만 자본주의의 신세기가 열리면서 왕씨 집안의 대장간은 완전히 문을 닫게 되었다. 된집게, 채집게, 부집게, 날정, 모루정, 둥근끌, 굴대, 주형틀, 펜치, 송곳, 방울집게, 망치 등은 헛간에 처박혀 거미줄과 먼지에 뒤덮인 채 녹슬어갔다. 모루는 너무 커서 가게 밖으로 꺼낼 수 없었기에 작업대로 만들어 그 위에서 밤낮으로 전자제품 폐기물 재활용 작업을 했다. 컴퓨터 집적회로, 비디오테이프리코더, 녹음기, 콘돔 자판기, 티슈 자판기, 레이더, 키네스코프, 리모컨, 각종 조절기, 전동장치, 항공기 동체, 추진 장치, 방향 조종 장치, 지상 유도 장치 등에서 구리, 알루미늄, 주석, 금, 저항기, 트랜지스터, 브라운관 등을 수거하는 일이었다. 그녀가 대장간 일을 한 것은 몇 년 전 직접 쓸 식칼을 만든

게 마지막이었다.

쇠사슬 앞에서 여인은 망연자실한 표정이었다. 만듦새 면면이 오래 손을 놓아 감이 떨어졌음을 여실히 드러내고 있었다. 고리마다 직경이 제각각에, 형태도 완전한 원형은 하나도 없이 들쭉날쭉한 타원형에 가까웠으며, 그중 몇 개는 아예 모양을 이루지 못하고 수축되거나 팽창되어 우스꽝스럽게 벌어져 있었다.

그녀는 고리 하나하나의 이음매를 거의 강박적으로 여러 차례 확인했다.

"우물에 가서 물 좀 길어와." 여인이 말했다.

섬의 다른 우물과 마찬가지로 그들의 마당 한가운데에 있는 우물도 뚜껑과 도르래는 달려 있었지만 물은 오염된 지 오래였다. 마시기는커녕 이런 작업용이 아니면 다른 일에 쓸 수도 없었다. 차남은 자리에서 일어나 구석에 놓인 양동이를 집어들더니 가게 안쪽으로 가서 마당으로 통하는 문을 열었다.

하지만 그는 망설이다가 어머니에게 돌아왔다.

"무서워?" 그녀가 물었다.

"조금."

"자고 있어."

"어쩌면."

"왜 어쩌면이야?"

그녀는 아들의 손에서 양동이를 빼앗아 들었다. 하지만 문 앞에 이르기 전에 그녀 역시 발을 돌렸다.

"할 수 없지!" 그녀가 작고한 남편의 사진 앞을 지나며 말했다. 젊은 대장장이의 전신이 담긴 80년대 흑백사진이었다. 남자는 행복한 얼굴로 사회주의 직능조합의 이름이 찍힌 가죽 앞치마를 걸치고 있었다.

"여보, 이번엔 좀 낭비해도 용서해줘."

난장판이 된 작업대 위에서 여인은 커다란 양동이를 잡더니 상인들이 매일 먼 곳에서 실어와 굉장히 비싼 값에 파는 깨끗한 식수를 채웠다. 양동이 속에 잠길 때까지도 사슬은 아직 타오르듯 뜨거운 상태였다. 하얀 김이 솟아 시야가 가려지고, 사슬이 물에 닿는 소리에 차남은 다시 한번 소스라쳤다. 살모사가 굴속에서 내는 날카롭고 무서운 소리였다. 사슬이 양동이 바닥에 닿자 고리들이 서로 부딪치면서 둔탁하고 묵직하고 위협적인 소리가 났다.

밤안개가 네모난 마당에 서늘하게 스며들고, 우물 테두리 돌위에 쌓아둔 고물 텔레비전들 위에 걸린 도르래는 바람에 파르

르 흔들렸다. 몇 미터 떨어진 곳에 느릅나무가 한 그루 서 있었다. 한때는 검은 가지가 무성하고 두꺼운 이끼가 덮여 보는 이의 마음을 편안하게 해주는 이 커다란 나무를 탐내는 어부들이 많았다. 느릅나무는 물에 젖어도 잘 썩지 않아 이 나무로 선박 늑골을 만들고 싶어했다. 하지만 몇 년 전부터 나무는 전자제품 폐기물에 오염된 물을 흡수했고, 그 독성은 치명적이었다.

눈가리개를 하고 입에는 재갈이 물린 알몸의 남자가 세 개의 굵은 줄로 나무에 묶여 있었다. 몸을 묶은 첫번째 줄은 삼을 꼬아 만든 것으로 우물의 도르래에서 떼어온 터라 검은 물이 배어 있고 진흙냄새를 물씬 풍겼다.

발을 묶은 두번째 줄은 마당 왼쪽에 있는 돼지우리에서 가져온 것으로, 촘촘하고 빽빽하게 꼰 굵은 새끼줄이었다. 이 줄은 여러 해 동안 돼지들을 매어두는 데 쓰였기에 돼지들이 남긴 얼룩과 오줌과 똥이 끝에서 끝까지 묻어 있었다.

손을 포박한 세번째 줄은 전깃줄로, 재갈만 풀어주면 죄수가 담배를 피우거나 먹고 마실 수 있게끔 묶여 있었다.

탄탄한 근육과 딱 벌어진 어깨로 미루어 남자는 스무 살쯤 되어 보였다. 눈가리개로 사용한 땀과 소금기에 전 검은 넥타이만 빼면 남자는 완전히 알몸이었다.

차남이 든 손전등의 빛줄기가 결박된 남자의 발을 비추었다. 남자는 잠든 것 같았다. 어머니가 능숙한 동작으로 밧줄을 쇠사슬로 교체하고 있었다. 교체 작업은 거의 끝난 상태였다. 대장간에서 금방 나온지라 쇠사슬에는 아직 온기가 남아 있었다.

바람이 불어 가게의 뒷문이 열렸다 닫히기를 반복했고, 마당 저편에서 집의 창문이 삐걱거렸다.

차남은 긴장하여 땀으로 옷을 적시고 있었다. 언제라도 발을 돌려 내뺄 태세였다. 남자가 잠결에 몸을 움직이자 소년은 소스라쳤다. 그는 부들부들 떨면서 뒤로 물러섰다.

쇠사슬이 반짝이고 전등의 불빛이 비친 사슬 고리가 환하게 빛났다. 교체 작업은 끝났다. 이제 사슬을 자물쇠로 잠그기만 하면 되었다. 사슬만으로 모든 움직임을 구속할 수 있으니 몇 초 뒤면 나무에 몸을 결박한 밧줄과 손목을 묶은 전깃줄, 눈을 가린 넥타이, 입을 막은 재갈 등 그날 오후 경찰이 그를 체포한 뒤 묶어둔 도구로부터 남자를 풀어줄 수 있을 것이었다.

어머니는 멜빵바지 주머니에서 맹꽁이자물쇠를 하나 꺼냈다. 까마득한 옛날부터 잠겨 있던 자물쇠였다.

다행히도 어머니가 열쇠를 찾아두었다. 너무 긴장되어 시선을 돌리고 있던 차남은 열쇠가 자물쇠에 꽂히는 소리를 들었다. 하지만 딸깍하는 소리가 바로 이어지지 않았다.

그것은 아치 모양 쇠고리의 한쪽 끝은 자물쇠통에 고정된 채 돌아가고 다른 쪽 끝은 장치에 걸리는 일반적인 자물쇠였다. 하지만 한참이 지나도록 자물쇠 고리가 걸리지 않았다.

결박된 남자는 느릅나무 껍질의 일부가 된 양 꼼짝 않고 있었다. 헐떡임도 멎은 상태였다. 잠에서 깬 것일까? 눈을 가리고 있으니 알 수가 없었다.

모자는 역할을 바꿨다.

어머니가 손전등을 잡고 자물쇠를 비췄다. 열쇠는 차남의 손에 있었다. 차남은 손을 머뭇거리고 더듬댔다.

소년은 평생 처음으로 깡마른 옆구리를 찢을 듯 파고드는 통증을 느꼈다. 열쇠가 손에서 빠져나가 땅에 떨어져 튕겼다.

잠에서 거의 깼는지 결박당한 남자의 호흡이 힘차고 가벼워졌다.

차남은 다시금 열쇠를 자물쇠에 밀어넣었다. 머리에서 따끔따끔한 느낌이 났고 손가락은 추위에 곱았다. 자물쇠 속에 숨겨진 보이지 않는 스프링 하나가 저항하고 있었다. 소년은 열쇠를 살짝 돌려보고 다시 조금씩 움직여보았지만 그러다 그만 1밀리미터를 더 돌리고 말았다. 잠금장치는 먹통이었다.

소년은 다시 시도했다. 이번에는 열쇠가 너무 부드럽게 돌아 연결 핀이 물리지 않았다.

소년의 가슴은 해빙기의 연못처럼 축축했다. 그는 눈을 감고 속으로 기도했다.

'제발 도와주세요. 비밀을 알려주세요.'

그 말을 듣기라도 했는지 연결 핀이 마침내 소년의 뜻대로 움직이기 시작했다. 손가락 사이에서 열쇠가 떨리는 것이 느껴졌다. 소년은 감히 눈을 뜨지 못한 채 몸만 덜덜 떨었다.

악취가 밴 굳센 두 손에 목이 졸려 질식하는 기분이었다.

살의를 품은 손은 환영에 불과했고, 속삭이듯 부드러운 딸깍 소리를 내며 자물쇠가 갑자기 열리는 순간 환영은 사라졌다.

결박당한 남자의 팔에 의사가 몇 시간 전 주사한 약물이 아직 효과를 발휘하고 있었기에 어머니와 차남은 남자를 마당 안쪽의 건조하고 단단한 흙바닥에 지어진 연장 창고로 옮길 수 있었다. 창고의 절반은 집에서 키우는 돼지 세 마리가 차지하고 있었다.

"이 정도 양이면 물소도 곯아떨어질 겁니다." 주사기를 흔들며 말하던 의사의 목소리가 다시 한번 차남의 귀에 울렸다.

(의사의 진단은 단호했다. 포박당한 남자의 광기는 전자제품 폐기물로 인한 납중독의 결과였다. 체내 납, 수은, 은, 코발트의

수치가 한계치를 훨씬 초과했음을 보여주는 피검사 결과가 그의 진단을 뒷받침했다.)

　"분명히 말씀드리는데," 그날 의사는 마지막으로 이렇게 말했다. "제가 손을 쓰는 건 이번이 마지막이에요. 정말 끝이에요. 여자들을 공격하고, 남의 집에 불을 지르고, 괴성을 지르고, 자기 어머니도 못 알아보는 위험한 환자의 손상된 뇌를 계속 주사로 안정시킬 수는 없어요. 다시 말씀드리지만 이 환자에게 필요한 건 입원이에요. 하지만 입원을 하면 적어도 매년 10만 위안은 들죠. 그런데 의료보험료도 못 낼 만큼 가난하시니 어떻게 하겠어요? 안됐지만 이제 포기하세요."

II

나중에 알게 되겠지만, 이 집안이 완전히 끝장났다고 단정한 이들은 다소 섣부른 생각을 했던 셈이다. 인생사 새옹지마임을 잊었던 것이다.

믿을 수 없겠지만 그해 가을 귀도에 있는 마흔 개 마을 중 하나인 이 마을의 주민이라면 누구나 대장간 과부의 차남을 부러워했다. 그는 이 마을에서 십 년 만에 처음으로 제대로 된 대학교에 합격한 사람이 되었다. 시샘하는 이들은 돈이 안 되는 전공이라 험담하기도 했지만, 어찌되었든 대학의 미술학과에서는 그에게 입학을 허가해주었고, 심지어 저소득층 학생 대상 장학금까지 수여했다(사실 그리 대단한 금액은 아니라 등록금, 집세,

학생식당 비용을 내면 끝이었지만, 어쨌든 학비가 공짜라는 것은 사실이었다).

이 모든 것이 '자유 즉흥 그림' 시험 시간에 그린 그림, 정확히는 소묘 한 장 덕분이었다. 테크닉이나 솜씨는 뛰어나지 않을지언정 그가 시선을 사로잡는 강렬한 밤 장면을 묘사했다는 점은 부인할 수 없었다. 그림의 배경은 안개에 싸인 마당, 우물의 도르래, 커다란 느릅나무의 거뭇한 실루엣, 지붕이 낮은 집 등이었다. 그 안에 형체가 희미하여 거의 실체감이 없는 소년의 뒷모습이 보였고, 그가 들고 있는 손전등의 빛줄기는 안개를 뚫고 나아가 눈가리개를 하고 입에는 재갈을 문 채 굵은 밧줄로 나무에 결박된 한 벌거벗은 남자를 비추고 있었다.

이 즉흥 그림의 제목은 '우리 형은 아프다'였다.

대학에 들어간 뒤 차남은(이상하게도 이 별명은 집에서 1천 킬로미터 이상 떨어진 대학교에서도 그를 따라다녔다) 적어도 처음 두 학기 동안은 예술적 재능을 펼치지 못했다. 지금껏 전자제품 폐기물에 갇혀 지냈듯 그는 대학에서도 자기 세계에 틀어박혀 새로운 지평을 향해 나아가는 데 애를 먹었다. 데생, 원근법, 동양화, 서예를 막론하고 어떤 수업도 그를 새로운 모험으로 이끌어주지 못했다. 반대로 의대 도서관에 가 있으면 제 세상을 만난 기분이었다. 그곳에서 그는 해부학 교과서가 아니라 공산품이나 화학물질 중독 등에 관한 전문 서적에 파묻혔다. 그의 머릿속에 천천히 상상의 병원이 만들어졌다. 그의 형이 이산화규소 때문에 폐가 망가진 철광 및 석면 광산의 노동자들, 요도가 칼슘으로 막히고 방광결석이 생긴 능아연석, 능철석, 백운석, 로듐 광맥의 노동자들, 시각장애를 앓거나 실명한 유리 공장의 노동자들, 심지어 아말감을 사용하느라 수은을 만지다가 치아, 모발, 청각은 물론이고 이지력까지 잃어버린 치과의사들과 나란히 누워 있는 병원이었다. 이 별세계에는 물감에 함유된 납과 백연 때문에 색깔을 구별하지 못하게 되어 흑백 그림을 그려야 했던 고야, 수은중독으로 죽음과 같은 정적 속에서 자신은 결코 듣지 못할 음악을 작곡했던 베토벤, 은을 너무 많이 흡수하여 그 자신이 일종의 사진 건판이 되어서 강렬한 조명 아래 팔뚝이 인화지처럼 푸르스름해진 1930년대의 사진가 등 저명한 예술가도 많이 살고 있었다. 모자를 만들려고 토끼털을 질산수은에 담가대던 『이상한 나라의 앨리스』에 나오는 모자 장수 같은 이들이었다.

사실 전자제품 폐기물에 의한 중독 사례를 다룬 서적은 거의 없었다. 하지만 전문 학술지에 보고된 몇몇 사례는 텔레비전에 들어가는 브라운관, 집적회로, 플라스틱 케이스 등이 모두 유독성이라는 것을 입증했다. 컴퓨터는 더 끔찍했다. 컴퓨터 한 대를 만드는 데만 칠백 가지 이상의 화학물질이 들어갔고, 그중 절반이 유독 물질이었으며, 모니터만 해도 납이 1킬로그램이나 들어 있었다. 이런 폐기물 재활용 공장에서 일하는 노동자들이 주석, 납, 베릴륨, 구리, 카드뮴, 수은에 얼마나 중독되어 있는지 측정하기란 쉽지 않았다. 중독 정도는 환자가 중독되어온 환경에 따라 달랐는데, 통상적으로 기도나 신체 접촉이 주요 경로였다. 소년의 형의 경우 전자제품 폐기물에 의한 중독이 십 년에 걸쳐 진행되었음을 감안할 때, 중독에서 벗어날 가능성은 이론적으로 전무하다는 것을 알 수 있었다.

차남이 깊은 실의에 빠져들지 않을 수 있었던 결정적 요인은 젊은 정원사와의 우정이었다. 말더듬이이자 시인인 그 정원사는 곁에 있을 때 움츠러드는 기분이 들지 않는 유일한 친구였다.

사실 정원사라는 표현은 그저 말이 그렇다는 것이었다. 이 대학에는 진짜 정원이 없었기 때문이다. 중국의 젊은 사회주의자를 키워내는 대학 캠퍼스라는 거대한 정원에서 일군의 학생들이 '녹화 사업'에 배속되어 곳곳에 나무를 심을 뿐이었다.

어깨까지 출렁이는 장발에—다른 동료들처럼 기름때 묻은 회색 멜빵바지가 아닌—언제나 말끔한 빨간 나팔바지 점프슈트를 입는 말더듬이 시인은 이 모든 젊은 노동자들 중 의심할 바 없이 '유행의 최첨단'을 달리는 인물이었고, 특히 그 작업복의 이중 박음질은 학생식당에 줄을 선 학생들 사이에서 화제의 대상이었다.

다른 유사성도 많았지만, 무엇보다 정원사는 그와 마찬가지로 차남이었다(형은 일본에서 유학중이었다). 또 그와 마찬가지로 아버지 없이 어머니만 계셨다. 대학에서 일본어를 가르치는 어머니와 함께 목조 다세대주택의 3층에 살았는데, 집 앞에는 커다란 나무가 있어(이 역시 차남의 집과 마찬가지였지만 느릅나무가 아니라 은행나무였다) 두 친구는 여름밤이면 나무 아래에 있는 원탁에 앉아 담배를 피우고 술을 마시며 별의별 주제를 놓고 수다를 떨었다. 때로는 정원사가 숨을 죽이고 시선을 돌린 채 상대의 반응을 살피며 자기가 쓴 시를 읽어주기도 했다. 자정이 넘으면 둘은 마당에 하나밖에 없는, 우물 도르래를 연상시키는 수도꼭지 밑에서 팬티 차림으로 샤워를 했다. 그런 다음에는 정원사의 방으로 올라가 침대에 함께 누워 엘리엇, 릴케, 생존 페르스, 발레리 등에 대해 계속 이야기를 나눴다. 젊음의 특권 덕에 그들은 매주 혹은 이틀에 한 번꼴로 문학의 만신전에서 새로운

신을 발견하곤 했다.

폭우가 몰아치던 어느 날 밤 차남은 새벽 두시경 무슨 이유에서인지 잠에서 깼다. 옆자리의 친구는 술에 취해 잠들어 있었다. 창가에 매달린 물방울들이 시선을 끌었다. 물방울들은 가로등 불빛을 받아 미세한 유리 행성처럼 보였다. 그는 한동안 이를 바라보다가 발끝으로 일어나 물방울 하나하나에 비친 자기 모습을 보려고 창문으로 다가갔다. 불현듯 철제 대야에 담긴 물에 스펀지, 아니 수건을 적실 때 나는 소리가 들려 그는 움직임을 멈췄다. 그 소리의 울림에 그는 귀도의 집에 있는 다른 대야, 아버지의 작품이자 자신이 가보로 여기는 철제 대야가 떠올랐다.

보이지 않는 손에 이끌리기라도 한 듯, 그는 자리로 돌아와 어둠 속을 더듬어 침대 밑에서 몇 주째 손대지 않던 도화지를 꺼냈다.

친구를 깨우지 않으려고 그는 부엌으로 자리를 옮겼다. 그러곤 눈앞에 떠오른 영상이 없어질세라, 이 과거의 장면이 영원히 사라질세라 목탄을 하나 깎자마자(버드나무를 태워 만든 목탄이 대여섯 개 있었다) 그림을 그리기 시작했다. 가죽처럼 두꺼운 종이 위에 첫 선이, 첫 곡선이 그려졌다. 물에 젖고 굽은 손가락의 윤곽이었다. 그는 목탄을 몇 차례 놀려 그 손가락 끝에 검은 때가 덕지덕지한 상하고 물어뜯은 손톱을 그려넣었다. 손에는 물에 젖은 수건이 들려 있었다. 그림을 그릴 때 원래 손부터 그리는 습관이 있는 것은 아니었다.

그는 네 시간 동안 작업을 했다. 아직 아침햇살이 집안까지 들어오기 전이었다. 작업이 끝나자 그는 녹초가 되어 방으로 돌아갔다. 정원사는 여전히 잠들어 있었다. 그는 누울 자리를 마련하느라 친구를 벽 쪽으로 밀었다.

친구가 눈을 떴다.

"무슨 일이 생겼어." 차남이 그에게 속삭였다.

정원사는 소스라치게 놀랐다.

"사-사-사고야?"

"부엌에 가봐."

몇 분이 지나도 정원사가 돌아오지 않자 차남도 다시 부엌으로 갔다.

창문의 커튼은 걷혀 있고, 밖에서 태양이 수줍게 얼굴을 내밀었다. 새벽빛이 식탁에 놓인 그림 위에 어렸고, 정원사는 그 그림에서 눈을 떼지 못하고 있었다.

"돼-돼-됐어!" 그는 중얼거렸다. "넌 이제 됐어!"

"그래, 됐어." 차남이 그 말을 따라 했다.

"너는 하늘이 내린 재능을 가졌구나."

잠시 침묵이 흐른 뒤 정원사가 물었다.

"제목이 뭐야?"

"어머니."

"이게 너희 어머니야?"

"매일 밤 어머니가 이렇게 생긴 가건물에서 우리 형을 이런 식으로 씻겨주거든."

그의 형은 더이상 밧줄로 묶여 있지 않았고, 검은 넥타이에 눈이 가려지지도, 입에 재갈을 물고 있지도 않았지만 마치 자기 안으로 들어가고 싶은 것처럼, 몸을 쪼그려 발을 묶고 있는 쇠사슬에서 벗어나고 싶은 것처럼 알몸으로 고개를 숙인 채 웅크리고 있었다. 사슬의 고리 위에서는 반짝이는 물방울의 무디고 모난 반사광이 미세한 유리 행성처럼 빛났다.

"이 가-가-가건물 원경에 뚜렷이 보이는 돼지 세 마리는 왜 있는 거야?" 그림에 매혹된 정원사가 물었다.

"가건물 절반은 돼지우리거든."

"이 그림은 〈중국의 성모마리아〉라고 불러야겠다."

그는 이 문장만큼은 전혀 더듬지 않고 똑똑히 발음했다.

겨울이 되어 정원사의 어머니가 일본으로 떠나자 그 아들의 친구는 학교 수업과 레스토랑에서의 저녁 아르바이트를 제외한 나머지 시간에는 마음 편히 작업할 수 있게 되었고, 그리하여 작품이 처음 탄생한 부엌에서 굉장히 완벽주의적인 태도로 〈중국의 성모마리아〉를 다듬기 시작했다.

그의 거친 필치와 이미 그려놓은 것을 끊임없이 지우는 습관으로 인해 엄청난 양의 목탄이 소모되었으며, 부엌의 리놀륨 바닥과 얼마 후에는 복도마저 얇고 기름진 검은 막으로, 습한 공기 때문에 끈적이기도 하는 막으로 덮였다.

정원사 역시 시를 써놓고 마음에 들지 않아 초고에 무수히 가필을 해서 읽을 수 없을 지경이 되게 만들었다가, 곧 페이지 전체를, 혹은 대부분의 분량을 줄을 그어 지워버리는 일이 드물지 않았다. 하지만 그런 그조차 어느 날 아침 부엌에 들어갔다가 친구가 그림을 옆에 두고 냉장고에 몸을 기댄 채 잠들어 있는 것을 발견했을 땐 말문이 막혀버렸다. 〈중국의 성모마리아〉는 이제 머리도 몸도 남아 있지 않았다. 그림 속에는 젖은 수건을 쥔 손뿐이었다.

이 손만이 성스러운 종교적 유물이라도 되는 듯 무자비한 지우개질을, 치명적 헝겊질을, 뒤죽박죽된 그림의 배경이 증언하는 창작자의 끊임없는 파괴행위를 모면할 수 있었다.

손과 마찬가지로 쇠사슬 또한 정신적 전투의 잿더미 속 생존자처럼 완전히 지워진 죄수의 몸에서 살아남아, 그로써 작가의 영혼을 더욱 한없이 사로잡고 있는 듯했다.

"무슨 일이 있었던 거야?" 정원사가 물었다.

차남은 가족과 함께 설날을 보내러 귀도에 돌아갈 때 빈손으로 가지 않으려고 레스토랑에서 주방보조로 매일 여러 시간씩 일했다.

수년 뒤 영화감독이 된 정원사는 카메라 크랭크를 잡고서 예전에 친구가 묘사해준 그 레스토랑을 떠올렸을 것이다. 레스토랑은 당나라 시인들이 수없이 노래했던 그 유명한 비단강 강변에 위치하고 있었다. 흐릿한 전등이 강둑을 비추었다. 자전거 리어카 한 대가 다가왔다. 하지만 운전사의 얼굴은 어둠에 잠겨 있었다.

(목소리: 어디서 오셨죠? 운전사: 강낭콩 언덕에서 왔습니다. 6층에 배달하러 왔어요.)

철책 문이 열렸다. 운전사는 문 안으로 들어가 주차장을 가로질렀다. 주차장 끝, 레스토랑 앞에서 두 남자가 그를 기다리고 있었다. 그는 자전거 리어카를 세우고 검은 방수포로 덮인 짐승 우리를 꺼냈다.

(오른쪽 복도를 죽 따라가다가 오른쪽으로 꺾은 다음에 오른쪽 계단으로 올라가세요. 한 층을 올라갈 때마다 오른쪽으로 돌아서 다른 계단으로 가야 합니다. 매번 오른쪽 계단이에요.)

몇 분 뒤 짐승 우리는 6층에 도착했다. 주방에 이르자 배달부는 검은 방수포를 벗겼고, 그러자 괴물이라고 할 정도는 아니어도 상당히 기묘하게 생긴 짐승이 모습을 드러냈다. 길이가 50센티미터 정도에 다리는 짧았으며 머리끝부터 발끝까지 몸 전체가 큼직하고 윤기 없는 세모꼴 비늘로 덮여 있었다. 기왓장처럼 부분적으로 서로 겹쳐져 뒤덮인 비늘은 갑옷이나 다름없었다. 머리는 작고 길쭉하여 자그마한 눈과 함께 보면 꼭 보아뱀의 머리 같았다.

(배달부가 상자 하나에서 개미들을 꺼내 접시에 담아서 짐승 앞에 내밀자 짐승은 파충류가 먹이를 먹기 전에 그러듯 즉시 개미들에게 침을 발랐다.)

이 짐승의 가장 무서운 무기는 발가락 끝에서 반짝이는 강력한 발톱이었다. (보통 이놈은 발마다 발가락이 다섯 개 있었지만 차남은 주방보조로 일한 짧은 기간 동안 아직 발가락 세 개짜리

밖에 보지 못했다.) 튼튼하고 아주 길쭉한 그 발톱은 흰개미집을 부수거나 산에 긴 터널을 파는 데 쓰였다. 짐승의 이름이 중국어로 '산을 뚫는 갑옷'인 것은 그래서였다. 이 짐승의 과학적 명칭은 천산갑穿山甲이었다.

레스토랑 주방장은 오래전에 이 특별 배달을 예약했던 한 부유한 손님에게 즉시 전화를 걸었고, 손님은 이놈을 한시라도 빨리 맛보고 싶었기에 다음날까지 기다리지 못하고 당장 요리를 해달라고 요구했다.

백과전서에 따르면 전 세계에 존재하는 것으로 알려진 천산갑 일곱 종 가운데 네 종은 아프리카에 서식하며, 나머지 세 종은 인도, 말레이시아, 미얀마, 중국 남부에서 찾아볼 수 있다고 한다.

중국 천산갑은 거의 멸종되다시피 했기 때문에 정부에서는 살육을 피해 살아남은 개체를 보호 동물로 지정해두었고, 따라서 이 보호종을 죽이는 것은 금지되어 있었다.

천산갑이 멸종한 까닭을 이해하려면 중국 전통 의학의 특이한 시적 감수성을 알아야 한다. 예를 들어 박쥐는 어둠 속에서 날아다니므로 박쥐의 똥은 실명에 특효약이 확실하고, 해삼은 남근과 닮았으므로 정력제로 그만이며 해삼을 먹으면 해삼만큼이나 거대한 성기를 갖게 되리라는 것이다. 천산갑의 경우, 중국인들은 산을 뚫는다는 그 동물의 능력에 매료되었다. 깊은 동굴과 어두운 협곡이 자리한 산보다 여인의 몸과 비슷한 것이 어디 있겠는가. 그러니 천산갑 고기를 먹으면 당연히 여인의 신비스러운 동굴을 천산갑만큼이나 깊숙이 파고들 수 있을 것이다.

보통 주방에서 차남의 임무는 죽은 천산갑의 비늘을 칼로 벗기고 등의 털과 복부를 집게로 제거한 다음 따뜻한 물에 씻는 것이었다.

천산갑의 숨을 끊는 권리는 근속연수가 높은 다른 주방보조에게 주어졌다. 그는 상체와 팔이 털투성이인 사십대의 남자로 말끔한 일처리를 선호해 주어진 일을 늘 신속하게 해냈으며, 깔끔하고 깨끗하고 실수 없는 일처리가 그의 신조였다. 그는 불필요한 동작을 싫어했고, 그러다보니 반짝이는 날을 흐뭇하게 바라보면서 칼을 내두르는 일도 없었다. 그는 이쑤시개를 입에 물고 두개골에 단번에 갈고리를 박아 천산갑을 처리했다. 그러면 짐승은 쓰러졌고, 놈이 무슨 일인지 깨닫기도 전에 털보의 칼이 놈의 목을 잘라 머리는 타일 바닥으로 떨어지고 피는 사기그릇에 흘러내렸다.

그날 밤은 일이 그렇게 풀리지 않을 모양이었다. 짐승은 우리에서 나오자마자 발달된 후각으로 위험을 감지하고 방어자세를 취했다. 몸을 커다란 공처럼 둥글게 말아 그 안으로 머리, 몸통, 다리, 무시무시한 발톱을 감추더니 그야말로 꼼짝도 하지 않았다.

언뜻 밤중에 길에서 마주치는 고슴도치 같은 모습이지만, 자세히 살피면 방어용 무기를 사방으로 펼치고 전투에 임하는 중이었다. 놈의 방어 무기인 세모꼴 비늘은 두려움 때문에 빽빽하게 곤두선 채 살짝 떨리고 있었다.

경험이 풍부한 우리의 주방 요원은 꽉 다물어져 칼이나 갈고리가 파고들 틈이 전혀 보이지 않는 이 공을 보고도 당황하는 기색이 없었다.

그는 이쑤시개를 문 채로 전등을 껐는데, 다들 천산갑이 낮에는 몸을 둥글게 말고 땅굴 깊이 틀어박혀 있다가 날이 저물어야 비로소 몸을 편다는 걸 알았기에 아무도 이런 행동에 놀라지 않았다.

하지만 놈은 무슨 이유에서인지 암흑의 유혹에 저항하며 도통 몸을 펼치려 하지 않았다.

계획이 실패로 돌아가자 놀란 주방보조는 이놈을 익사시키기로 마음먹었다. 그는 천산갑을 손으로 잡아 물이 가득 담긴 개수대로 가서는 그 안에 집어넣었다. 들리는 거라곤 개수대 주변에 모인 사람들의 숨소리와 개수대 바닥에서 올라온 기포가 터지는 소리뿐이었다. 짐승은 저항했다. 이 상황을 즐기는 것 같기도 했다. 놈이 살짝 움직이자 잔물결이 신비스러운 미광으로 놈의 두꺼운 갑옷을 비추었고, 그 갑옷 위에 금과 진주와 에메랄드가 보일 듯 말 듯 미세하게 떨리는 듯했다.

부유한 손님과 그가 초대한 친구들이 탄 자동차가 도착했다. 브레이크 밟는 소리, 차의 문을 여닫는 소리, 웃음소리, 사람 목소리, 쾌활한 발소리 등이 이어졌다.

주방보조는 패배를 인정하지 않았다. 그는 비늘로 덮인 공을 물에서 꺼내더니 주방 한가운데로 가져가 웃통을 벗고는 무릎을 꿇은 채 맨손으로 놈과 전투를 벌이기 시작했다.

붙잡아 힘을 줄 만한 곳이 전혀 없었고 시간도 촉박한 터라 요리사 몇 명이 하던 일을 멈추고 그를 도왔다.

"자! 어서!" 주방장이 외쳤다. "뭘 기다리는 거야? 더 와서 붙어!"

건장한 사내 다섯이 비늘 공을 덮쳤다. 상식적으로 이 정도 크기의 짐승이라면 초자연적인 힘을 가지지 않고서야 일 분도 더 버틸 수 없어야 했다.

그런데 초자연적인 힘을 가진 모양이었다. 공은 열리지 않았다. 살짝 벌어지지도 않았다. 이 놀라운 사건은 손님들이 기다리던 홀까지 전해져 경호원 두 명이 힘을 보태러 왔다.

덩치로 보자면 그사이에 물고 있던 이쑤시개를 잃어버리고 만 털보 주방보조보다 경호원들이 두 배는 컸다. 하지만 경호원들조차 이 짐승의 의지를 꺾지 못했다.

열시경, 그들은 북경오리를 구울 때 쓰는 지저분한 화덕에 불을 붙이기로 했다. 화형은 그들이 천산갑에 가하는 최후의 형벌이었다. 천산갑의 비늘이 아무리 단단하다 한들 불행히도 불에는 견딜 수 없었던 것이다.

"화덕 속에서 비늘이 탁탁 터지는 소리가 들렸어. 잔 다르크의 갑옷이 타는 소리가 그랬겠지." 나중에 차남은 이렇게 그 순간을 회상했다.

그러다 돌연 공이 연기를 피우며 화덕 밖으로 튀어나오더니 뒤에 시뻘건 자국을 길게 남기며 땅바닥을 굴렀다. 요리사는 자단목을 깎아 만든 선반을 도마로 이용했다. 칼질을 하자 상어 이빨에 물린 듯 각각에서 큰 소리가 났다. 칼을 잡은 것은 주방장이었는데(불속에 넣는 계책을 떠올린 것도 주방장이었다), 그는 어떻게든 짐승의 웅크린 몸을 펴려 했다. 결국 승리의 기미가 보였다. 공에서 분비물이 흘러나왔다. 공이 살짝 벌어지고 비늘에 뒤덮인 주둥이가 나타나더니, 이어 머리통 전체와 얇은 비늘로 덮인 네발이 나왔다.

무쇠 갈고리가 전광석화와 같이 짐승의 두개골에 내리찍혔다. 증오에 찬 일격이었다. 분노가 실린 이 일격에 갈고리는 소름끼치는 소리를 내면서 나무에 박혔다. 마지막으로 식칼이 천산갑을 파고들어 치명타를 가했다. 피가 솟았다.

짐승의 몸이 완전히 펴지자 이놈이 암컷이며, 그것도 새끼를 배어 배가 엄청나게 부른 암컷이라는 사실이 밝혀졌다.

완전히 벌어진 입을 보니 이빨이 하나도 없었다. 그저 깊고 검은 구멍일 뿐이었다. 부서진 턱뼈 위의 자그마한 두 눈은 감기지 않았고 동공은 두려움에 확장된 채였다.

"야, 너," 주방장이 차남을 손가락으로 가리켰다. "이놈 뱃속에 든 것 좀 비워."

그러곤 주방을 떠나기 전에 모두를 향해 말했다.

"다들 입다물고 있어. 임신한 암컷 천산갑을 먹으면 재수없다고 손님이 돈을 안 낼지도 모르니까."

차남은 구리 자루가 달린 주머니칼을 손에서 놓칠 뻔했다. 그는 칼끝으로 천산갑의 갈비뼈 아래 옆구리를 절개했지만 도무지 단호하게 칼질을 할 수가 없었다. 실수로 개미가 가득한 위를 열었을 때는 손이 더욱 떨렸다.

"왼쪽 옆구리에 두번째 칼집을 냈거든." 그가 정원사에게 말했다. "거기 엄청나게 부풀어오른 혈관이 보이더라. 그 밑에는 선홍색 주머니가 있었고. 그걸 끄집어내서 접시 위에 놓고 절개했더니, 글쎄 상상할 수도 없을 만큼 작은 천산갑 태아가 나오는 거야. 태아는 얇은 막으로 덮여 있었어. 나는 그놈을 그렇게 두고 싶지 않았어. 녀석이 살아 있든 죽었든 세상에 나오길 원했거든. 그래서 조심스럽게 아주 조금씩 막을 떼어냈어. 아직 제대로 모양이 잡히지 않은 머리통에 붙은 입, 코, 눈을 간신히 알아볼 수 있겠더라고. 감동적이었어. 녀석이 얼마나 아름다웠는지 너는 모를 거야. 나는 손가락 끝으로 보드랍고 미끌미끌하고 자그마한 그 진줏빛 비늘을 어루만졌어.

근무가 끝난 후엔 비단강 강변으로 갔어. 새끼 천산갑이 그곳에서, 그 강물에서 헤엄치고 싶어했으리라는 생각이 들었거든. 그렇게 물에 들어가 녀석의 관이 된 작은 금속 상자를 물결에 실어 떠내려 보냈어.

녀석을 어미와 함께 묻어주지 못한 게 안타까워. 그 천산갑계의 성모마리아, 몸을 펴지 않으려고 발버둥치던 그 비늘로 뒤덮인 공은 가건물 안에 묶여 있는 아들을 씻겨주던 우리 어머니의 손만큼이나 내 머리를 떠나지 않았어.

　내 그림이 이렇게 극도로 간결해진* 건 바로 그래서야."

---

* 여기서 '간결함'으로 옮긴 프랑스어 'dépouillement'은 예술 분야에서 스타일
을 간결하고 단순하게 만드는 것을 뜻하기도 하지만 본래는 짐승의 가죽이나 비
늘을 벗기는 행위를 가리킨다.

III

가족이 보고 싶어 안달이 난 노동자, 군인, 교사, 학생 들을 가득 실은 열차는 천천히 C역을 떠나 벽돌담을 따라 속도를 높이다가 터널로 들어가 언덕을 통과했다. 레일이 곡선을 그리면 긴 좌석에 비좁게 끼어 앉은 승객들은 머리 위의 짐칸을 불안한 눈으로 쳐다보았다. 짐칸에는 설날 선물이 잔뜩 실려 있어 객차가 한쪽으로 조금만 쏠리거나 속도 변화가 생기면 상자들이 산사태를 일으키며 승객들의 머리 위로 떨어질지 몰랐다.

차남은 산처럼 쌓인 저 선물 더미 가운데 자기 것―최신형 대형 텔레비전―이 심리적, 상징적, 역사적 가치는 물론 물질적 가치 면에서도 아마 가장 비싼 물건이리라는 생각에 뿌듯해하며 소박한 자긍심을 느꼈다.

엄밀한 역사가라면, 그것이 고장난 텔레비전 천지인 귀도의 고향집에 맨 처음 생긴 작동 가능한 텔레비전이라는 사실을 기꺼이 인정하지 못할 것이다. 오래전 그의 어머니는 인도받은 텔레비전 중 작동되는 것을 하나 발견한 적이 있었다. 그녀는 우연히 그 텔레비전의 플러그를 전기 콘센트에 꽂았고—당시 어린애였던 차남은 도대체 전기가 어디 있는 건지 늘 궁금해했다. 전선 안에? 두꺼비집에? 전기는 내내 숨어 있다가 어디선가 불쑥 나타나곤 했다—화면에 불이 들어오더니 색색의 영상이 넘실거렸다. 귀신이 나타나기라도 한 것 같았다. 하지만 그것은 벙어리 귀신이었으니, 텔레비전에서는 아무 소리도 나지 않았기 때문이었다. 차남은 고급스럽게 꾸며진 방에 모여 있는 화면 속 낯선 사람들을 보며 꿈을 꾸는 것 같았다. 한 늙은 남자가 조직폭력배 같은 음흉한 표정으로 무어라 말을 하자 미리 예행연습을 마친 쇼의 한 장면처럼 다른 이들이 기뻐 날뛰더니 노래를 부르고 춤을 추고 서로 얼싸안았으며, 동시에 베이징의 밤하늘에는 불꽃놀이가 시작되었다. 아이는 과거를 청산한 늙은 조직폭력배가 공산당원의 일원으로 받아달라는 말을 했으리라 추측했다.

좋은 일은 늘 함께 오는 법, 몇 주 뒤 아이는 조작 실수로 우연히 다른 텔레비전에서 소리가 나온다는 것을 알게 되었다. 비 오 듯 퍼붓는 총소리, 병사들의 비명소리가 가게 전체를 뒤흔들었 다. 당시만 해도 아직 굉장히 얌전했던 장남은 천재적인 아이디 어를 떠올렸다. 소리가 안 나오는 텔레비전을 켠 다음 다른 텔레 비전에서 그 영상에 들어맞는 소리를 찾아낸 것이다.

정원사는 차남과 함께 귀도로 떠나 장시長詩를 쓰거나 그곳을 '압도적인' 사진에 담을 계획을 품고 있었다.

"내가 장담하는데," 친구가 그에게 말했다. "끝없이 펼쳐진 전자제품 폐기물을 보면 SF영화 속에 들어온 것 같을 거야."

하지만 정원사는 출발 전날 갑작스러운 통증을 느꼈고, 디스 크 진단을 받아 꼼짝없이 침대에 붙어 있게 되었다. 떠날 수 없 게 되자 그는 아쉬워하면서 차남에게 자기의 낡은 라이스 카메 라와 흑백필름 십여 통을 주면서 자기 대신 '수준 높은 사진 몇 장'을 찍어달라고 했다.

낮 열두시경 차남은 L역에 도착해 오복교五幅橋에서 배를 탔다. 두 시간 뒤, 귀도는 아직 수평선에 모습을 드러내지 않았지만 익 숙한 전자제품 폐기물에서 흘러나온 플라스틱 탄내가 벌써 느껴 지기 시작했다. 그런데 이 냄새가 구역질을 일으키는 게 아니라 평생 처음으로 달콤한 속삭임, 위로의 말, 따듯한 인사처럼 느껴졌다. 그에게는 너무나 길었던 열여덟 달의 부재로 인해 냄새를 포함해 아주 많은 것이 달라진 것이다.

그는 전에 어머니에게 여러 차례 편지를 보냈다. 어머니와 직접 대화하고 싶었지만 집에 전화기가 없어 그런 즐거움은 누릴 수 없었다.

그는 가게문을 천천히, 그리고 집요하게 두드렸다.

어머니는 어쩌면 외출했거나, 아니면 집안이 아니라 뒷마당에 있는 모양이었다.

텔레비전이 든 상자를 문 앞에 내려두고 작업장을 돌아 담을 따라 걷다보니 돼지들이 담에 만들어놓은 구멍이 보였다.

그의 '우리집'은 바로 여기였다. 낡은 우물의 도르래, 홀로 서 있는 느릅나무의 앙상한 검은 가지, 구멍 사이로 보이는 그 모든 것이 갑자기 그의 눈에 하나하나 찬찬히 들어오자 그는 점점 감정이 복받쳐올랐다.

그런데 우물과 나무 사이에 있는 이상한 구조물을 보고 그는 깜짝 놀랐다. 거북이 모양을 한 회녹색 칙칙한 토치카*였다.

---

* 콘크리트나 흙주머니 등을 쌓아 만든 사격 진지.

척 보아도 이 구조물이 임시변통으로 구할 수 있는 재료를 이용해 만든 것임을 알 수 있었다. 돌, 벽돌, 텔레비전, 컴퓨터 등을 뒤섞어 쌓은 다음 진흙을 발라 고정했고, 그 아귀와 틈새에 뿌리를 내린 초목―성장하는 데 양분이 거의 필요 없는 것으로 널리 알려진 수종이었다―이 이 사격 진지를 더욱 튼튼하게 만들어주었다.

토치카에는 문도 창문도 없이 느릅나무 앞쪽, 땅에서 40센티미터 높이 돌 사이에 뚫린 총구멍 하나뿐이었다. 이 작은 구멍이 너무 낮게 뚫려 있어서 그는 쭈그리고 앉을 수밖에 없었다. 곰팡이, 습기, 오줌, 똥 냄새가 코를 찔렀다.

그때 쇠사슬소리가 들려 그는 소스라치게 놀랐다.

이 소리를 듣고 그에게 무슨 생각이 들었는지는 굳이 말할 필요도 없으리라. 쇠사슬을 만드는 과정을 구경하던 오래전 어느 밤, 울려퍼지던 망치 소리, 도통 말을 듣지 않던 자물쇠……

그는 물러서지 않았다. 오히려 이 직사각형의 작은 구멍 쪽으로 몸을 더 낮췄다.

"형, 나야." 그는 말했다.

무릎을 꿇고 얼굴을 총구멍에 붙인 채 무언가를 식별하려는 찰나, 손이 하나 불쑥 튀어나와 그의 코에 닿을 뻔했다. 그는 반사적으로 물러나 정원사의 카메라를 잡고 셔터를 눌렀다.

그때부터 모든 게 순식간에 일어났다. 차남은 망원렌즈로 두 번째 사진을 찍기로 마음먹고 그 손에 초점을 맞췄다. 뷰파인더에 손의 윤곽이 선명하게 드러났다. 더럽고 갈라진 피부, 뒤틀리고 경직된 손가락, 때가 낀 손톱. 총구멍 밖으로 나온 손은 잠시 허공을 휘저었다. 살인자의 손이 아니라면 무엇이라도 잡으려고 절망적으로 더듬는 조난자의 손이었다.

불현듯 싸늘한 전율이 일며 그는 몸이 얼어붙었다. 두려움에 떨면서, 차남은 그 손이 다소 남자 손 같긴 해도 형의 손이 아니라는 것을 깨달았다.

그는 카메라 뷰파인더를 통해서라도 손을 쳐다볼 엄두가 나지 않아 눈을 감았다.

사진은 베이징 국전國展에서 엄청난 성공을 거두었고 이후 뉴욕, 런던, 파리, 베를린에 순회 전시되었다. 지난 십 년간 나온 최고의 작품 중 하나로 꼽히기도 했다. 평론가들이 생매장을 당한 자의 손이 무덤을 뚫고 나온 것이라 생각할 만큼 콘트라스트가 매우 뚜렷한 이 흑백사진은 그 자체로 워낙 충격적이었을 뿐만 아니라 '산을 뚫는 갑옷'이라는 제목 또한 여러 의문을 자아

냈다.

사진과 함께 따라붙었어야 할 작가의 설명문을 전시 주최측에서 검열한 바람에 이 제목은 더욱더 궁금증을 유발했다. 검열된 설명은 다음과 같았다. "한 어머니가 아들을 광기에서 벗어나게 하려고 눈먼 점쟁이를 찾아갔다. 점쟁이는 아들에게 여자가 필요하다고 했다. 여인은 가난해서 매춘부를 살 수 없었고, 그리하여 자기가 직접 매춘부 역할을 해야 했다. 그녀는 아들과 성관계를 가졌다. 아들은 치료되었지만 이번에는 어머니가 광기에 빠져, 한때 아들을 가두어두던 참호에 사슬에 묶인 채 갇히게 되었다. 그때부터 여인은 완전한 침묵에 잠겼다."

지은이 **다이 시지에**

중국 출신의 프랑스 소설가, 영화감독. 1954년 중국 푸젠성에서 태어났다. 십대 시절 문화대혁명의 여파로 쓰촨성에서 3년간 재교육을 받는 고초를 겪었다. 1977년 쓰촨대학교 역사학과에 입학했으며 미술사를 공부하기도 했다. 1984년 국비장학금을 받고 프랑스로 유학을 떠나 영화학교를 졸업한 후 세 편의 영화를 제작했다. 2000년 발표한 첫 장편소설『발자크와 바느질하는 중국소녀』로 큰 성공을 거두며 데뷔했고, 2002년 소설을 바탕으로 제작한 동명의 영화가 칸 영화제에서 상영되고 이듬해 골든글로브 최우수 외국어 영화상 후보에 올랐다. 2003년『D의 콤플렉스』로 페미나상을 수상하며 세계적으로 주목받는 작가가 되었다. 2011년에는 중국의 비극적인 사회상을 다룬 단편소설집 『세 중국인의 삶』을 발표했다. 그 외 작품으로는『공자의 공중 곡예』『달도 뜨지 않은 밤에』『소설 속으로 사라진 여자』 등이 있다. 현재 프랑스에 거주하면서 프랑스어로 글을 쓰고 있다.

옮긴이 **이충민**

서강대학교 불어불문학과와 동 대학원을 졸업했다. 프랑스 파리8대학에서 박사과정을 수료했으며, 서강대학교에서 프루스트 연구로 박사학위를 받았다. 옮긴 책으로 다이 시지에의『공자의 공중 곡예』, 다니엘 페낙의『기병총 요정』『산문팔이 소녀』를 비롯해 『루뎅의 마귀들림』『프루스트와 기호들』(공역)『담화의 놀이들』 등이 있다.

문학동네 세계문학

세 중국인의 삶

초판 인쇄 2024년 12월 19일 | 초판 발행 2025년 1월 10일

지은이 다이 시지에 | **옮긴이** 이충민
책임편집 허유민 | **편집** 윤정민 김미혜 홍상희
디자인 이보람 유현아 | **저작권** 박지영 형소진 최은진 오서영
마케팅 정민호 서지화 한민아 이민경 왕지경 정유진 정경주 김수인 김혜원 김예진
브랜딩 함유지 함근아 박민재 김희숙 이송이 김하연 박다솔 조다현 배진성
제작 강신은 김동욱 이순호 | **제작처** 한영문화사(인쇄) 신안문화사(제본)

펴낸곳 (주)문학동네 | **펴낸이** 김소영
출판등록 1993년 10월 22일 제2003-000045호
주소 10881 경기도 파주시 회동길 210
전자우편 editor@munhak.com | **대표전화** 031)955-8888 | **팩스** 031)955-8855
문의전화 031)955-1927(마케팅), 031)955-2646(편집)
문학동네카페 http://cafe.naver.com/mhdn
인스타그램 @munhakdongne | **트위터** @munhakdongne
북클럽문학동네 http://bookclubmunhak.com

ISBN 979-11-416-0147-8 03860

www.munhak.com

TROIS VIES
CHINOISES